# 나는 공동체로 출근한다

나는 공동체로 출근한다

**발행일** 초판 1쇄 2022년 11월 25일 | **지은이** 나은영 | **일러스트** 초희
**펴낸곳** 북드라망 | **펴낸이** 김현경 | **주소** 서울시 종로구 사직로8길 24 1221호(내수동, 경희궁의아침 2단지)
**전화** 02-739-9918 | **이메일** bookdramang@gmail.com

ISBN 979-11-92128-22-1 03810


책으로 여는 지혜의 인드라망, 북드라망 **www.bookdramang.com**

# 나는 공동체로 출근한다

나은영 지음

BookDramang
북드라망

## 머리말 _ **나에게 공동체는**

미혼인 채로 마흔을 넘겼을 때, 내 삶은 많이 불안정했다. 불안을 떨칠 수 없는 일상은 흐트러질 대로 흐트러졌다. 그러던 중에 고미숙 선생님의 『돈의 달인, 호모 코뮤니타스』를 읽게 되었고, 용인 수지에서 인문학을 공부하는 공동체가 있다는 것을 알게 되었다. 홈페이지를 검색하고, 모집하는 세미나를 신청했다. 『논어』와 『전습록』을 읽는 '앎삶세미나'였다. 첫 세미나에서 받은 교재는 한자만 빼곡한 원문이었다. 어디서 끊는지 도대체 감도 안 왔다. 그래도 뭔가 새롭게 공부를 시작해야 할 것 같은 긴장감이 싫지는 않았다. 세미나가 끝나고 점심을 먹고 가라는 말을 들었다. 그제야 공간이 눈에 들어왔다. 대강의실과 공부방이 있었고 밥상을 차려서 함께 먹을 수 있는 공동체 주방이 한쪽을 차지하고 있었다. 2011년 3월, 그렇게 나의 공동체 생활이 시작되었다.

다음 해부터 해마다 일 년을 지속하는 기획세미나에 들어갔다. 치밀한 읽기 과정을 통과하면서 구체화된 질문으로 에세이를 써야 하는 과정이었다. 동양 고전의 원문을 암송하고 관련 텍스트를 읽었다. 에세이 기간이 되면 매 순간 딴짓을 하고 싶은 몸을 끌어당겨 엉덩이를 다시 의자에 앉혀야 했다. 그렇게 쓴 글이 대충 읽고 엉성하게 써진 내용이라는 지적을 들으며 고치고 또 고쳐 쓰기를 반복했다. 최종 에세이를 발표하는 시간까지 치르고 나면 한 해가 끝나 가고 있었다. 아쉬움과 후련함이 교차하던 그 시간들을 거치면서 공부가 무엇인지 어렴풋이 깨닫게 되었다. 공부란 정밀하게 읽고 치열하게 쓰는 몸을 만드는 과정이며, 이 과정을 통과했을 때에야 비로소 내가 무엇은 알고 무엇은 모르는지 알 수 있었다. 공동체는 나에게 이런 공부를 향해 나아갈 수 있는 물적 토대가 되었다.

공동체에 왔던 첫해 10월에 처음으로 인문학 축제를 경험했다. 공간 전체가 축제의 현장이 되어 토론을 하고 특강을 듣고 천연 화장품을 만드는가 하면 공연도 했다. 축제 마지막 날 대강의실을 꽉 채운 사람들이 다함께 아프리카 리듬에 맞춰 춤을 추었다. 난생처음 겪는 순간이라 어색하고 쑥스러워 이러지도 저러지도 못하고 무리를 따라 빙빙 돌기만 했다. 그 후에도 한 번도 안 해본 일이 계속 일어났다. 이십인 분이 넘는 밥상을 차려 보는 일도 처음이었고, 1인 시위에 나가는 일도 처음이었다. 축제에서 합창단 공연도 했고, 결국은 춤추는 공연까지 하게 되었다. 한 달 가까이 연습했음에도 축제 당일 조명이 켜지자 정신이 아득해졌다. 어떻게 끝났는지 모를 시간이었고, 그다음 해에는 니체의 작품을 대본으로 만들어 연극 공연까지 했다. 한 번도 안 해본 일이라 전전긍긍하며 시작하지만, 어쨌든 끝나고 나면 해냈다는 후련함이 좋았다. 혼자라면 엄두 내지 못했을 일들을 공동체에서 친구들과 함께하다 보니 활력이 생기고 삶도 더 풍요롭게 되었다.

공동체 안에서 백만 원을 벌면서 먹고살겠다는 선언 이후 나의 밥벌이는 또 다른 과제가 되었다. 더치커피 사업단 운영자가 되어 수지타산을 맞추겠다며 머릿속에서 계산기가 떠나지 않던 시절이 있었다. 청소년들과 동양고전을 공부하며 밥도 벌려고 열었던 고전학교는 점점 신청자가 줄어서 단 두 명과 『낭송 장자』를 공부한 이후 문을 닫았다. 공동체 주방을 보살피는 주방지기 활동으로 명실상부하게 밥을 벌기도 했다. 주방을 운영한 수익으로 활동비를 받았을 뿐만 아니라 실제로 내가 먹는 대부분의 끼니를 공동체 주방에서 해결했기 때문이다. 넉넉했다고 할 수는 없지만 그렇다고 딱히 부족했던 기억도 없다. 어떻게 그럴 수 있었는지는 이 책 속에 나와 있다.^^

이렇게 공부하며 밥도 해결했던 공동체 생활에서 빼놓을 수 없는 또 하나는 친구들이다. 함께 공부하는 동학(同學)으로, 같이 밥을 먹는 식구(食口)로, 다양한 연대투쟁의 동지(同志)로 많은 시간을 함께 보냈다. 그러면서 우리의 공부와 활동이 자족적인 삶에 머물고 있지는 않은지 서로 불편한 질문도 놓치지 않았다. 혼자 산다고 챙겨 주는 마음씀씀이에 감동을 받기도 했다. 어느 날 밥당번인 친구가 점심에 생일상을 차렸다. 카톡에 올라온 생일 알림을 보고 미역국을 끓이고 샐러드를 만들어서 서프라이즈로 내 생일상을 차려 준 것이었다. 나에게 공동체는 이렇게 공부를 하고 밥을 벌면서 우정을 쌓는 시간을 주었다.

이 책에 실린 글들은 그 시간의 기록들이다. 공동체로 출근하면서 살았던 이야기를 쓰겠다는 발심은 내가 했지만, 끝까지 쓸 수 있었던 것은 친구들 덕분이다. 한 편 한 편 같이 읽고 수정을 거듭하도록 피드백을 해준 친구들이다. 어떤 편은 수월하게 써졌지만, 어떤 편은 두 달을 씨름해도 진전이 없었다. 끝없이 불거지던 자의식이 문제였다. 결국은 그만 쓰겠다고 육 개월가량을 덮어 둔 적도 있었다. 그럴 때 묵묵히 기다려 주고 때로는 달래면서 다시 글을 쓰도록 이끌어 준 친구들이다. 이 자리를 빌려 진심으로 고맙다는 말을 전하고 싶다. 부족한 나를 끝없이 보살펴 준 친구들 덕분에 앞으로도 정진할 힘을 얻는 시간이었다. 그 힘으로 나는 여전히 공동체로 출근하며 하루를 살고 있다.

목차

1회

# 나는 공동체로 출근한다

## 설명하기엔 애매한

나는 시골에 홀로 사시는 어머니에게 가장 큰 걱정거리이다. 나이는 오십이 넘었는데 시집도 못 갔지 안정된 일을 하는 것 같지도 않다. 내가 문탁네트워크에서 학생들과 수업도 한다는 얘기로 미루어 예전에 다녔던 학원 같은 데이겠거니 생각하신다. 코로나 사태가 심각해졌을 때 어머니는 학원에서 월급은 주냐고 걱정하는 전화를 하셨다. 학원이 아니라 공동체라고 아무리 말해도 어머니는 '뭐래니'라는 표정이다. 어머니뿐만이 아니다. 내가 어떤 곳에서 어떻게 살고 있는지 가족은 물론 주변 친구들에게도 설명하기가 참 애매하다.

사실 나는 오래전부터 공동체에 대해 관심이 많았다. 신문을 통해 소개되는 공동체 관련 기사도 열심히 읽었고, 그와 관련한 책도 꾸준히 사서 읽었다. 새해가 되어 하고 싶은 일을 떠올릴 때 신문이나 잡지 등에 소개된 '공동체 방문해 보기'가 빠지지 않았다. 주변 친구들에게도 공동체를 만들어 같이 살자는 말을 곧잘 했다. 그럴 때 떠올린 공동체의 상은 뜻이 맞는 사람들이 모여서 함께 살아간다는 정도였다. 책을 통해 '문탁네트워크'(이하 문탁넷)를 알게 되었을 때는 '그런' 공동체를 실제로 경험해 본다는 생각에 좀 설렜던 것 같다.

하지만 실제로 와 보니 만나는 사람들도 맞닥뜨리는 상황들도 낯설어 좌충우돌하기 일쑤였다. 처음이라 그런가 싶었지만 시간이 지난다고 해서 익숙해지지도 않았다. 그러다 보니 내가 그렸던 '그런' 공동체의 상이 자꾸만 떠올랐다. 뜻이 맞는 것은 어떻게 알 수 있을까. 함께 산다는 것은 어떤 의미였을까. 그래서 공동체에서 살고 있다는 것에 대해 정확하게 설명할 수 없었다. 살아갈수록 내가 이미 알고 있다고 여겼던 것들을 허물고 다시 익혀야 했기 때문이다. 더구나 아무리 익혀도 상황이 달라지면 또 헤맨다. 이 글은 그렇게 헤매면서도 여전히 공동체에서 살아가고 있는 나의 이야기이다.

## 게을러터지다

나는 이십 대 대부분을 백수로 살았다. 드라마 작가가 되겠다고 교육원을 들락거렸고 작품 공모 마감일 맞춘답시고 많은 것을 미루며 보냈다. 그렇게 쓴 글들이 예선도 통과하지 못하는 일이 반복되었다. 그만두지도 못하고 계속하지도 않는 시간만 보내다 서른이 넘어서야 직업을 구했다. 학원 강사 일이었다. 경력이 없던 터라 영세한 학원에서나 나를 써 주었다. 그마저도 '수업을 못하네, 성적이 안 오르네' 등의 이유로 맡았던 반이 없어지고 잘렸던 적도 있었다. 연이은 탈락의 경험 때문에 자존감이 떨어질 대로 떨어졌다.

할 수 없이 종목을 바꾸었다. 책 읽기를 좋아하는 취향을 살린 독서 논술이었다. 책을 읽고 이야기를 나누는 방식이 마음에 들었고 성적을 신경 쓰지 않아도 된다는 점도 좋았다. 잘해서 바닥을 치고 있던 자존감도 끌어올리고 싶었다. 기대에 차서 의욕을 가지고 시작했다. 하지만 그것은 나의 착각에 불과했다. 독서는 나의 취향일 뿐 대부분의 아이들에게는 강제였다. 부모의 닦달에 억지로 읽어 온 내용으로는 할 이야기가 없었다. 학교 성적이 떨어지면 부모들은 독서논술 수업부터 정리했다. 현실은 기대에 찬 내 마음 따위는 안중에 없었다.

그래도 달이 차면 통장에 돈이 들어왔다. “결혼도 못하면서 뭐 해 먹고살 거냐.” 걱정이 끊이질 않는 어머니에게 할 말도 필요했다. “학원 잘 다니고 있어요.” 그렇게 마지못해 하는 사이 현실을 받아들이는 요령도 하나둘 늘어갔다. 무조건 읽어야 한다고 다그치기 전에 읽고 싶게 하는 기술을 발명했다. 책에 나온 내용을 직접 따라해 보고 그 경험을 표현해 보자고 했다. 계절을 느끼기 위해 학원 주변 동네를 싸다니고 수업 시간에 오미자청을 담그기도 했다. 방학 중에는 관광버스를 대절해서 볼만한 전시회를 찾아다녔다. 그런 활동의 경험을 살려 학생들이 자신의 이야기를 해보는 시간을 만들었다. 하지만 딱 거기까지였다.

내가 맡은 수업이 재미없다는 피드백이 점점 잦아졌다. 내딴에는 책을 읽고 생각하고 말하고 쓰는 문리가 트이도록 공을 들였는데 그런 말을 들으니 힘이 빠졌다. 선생님의 뜻은 알겠는데 아이가 너무 하기 싫어해서 어쩔 수 없이 수업을 그만하겠다는 소리를 지겹도록 들었다. 나중에는 ‘재미’라는 말만 들어도 울화가 치밀었다. 같은 책으로 수업하면서 나날이 수업 반을 늘려 가는 동료를 시기·질투하는 내 자신도 한심했다. 그렇게 나의 한계와 직면하면서 때려치우지도 못하고 어영부영 시간은 흘러갔다.

수업이 줄어드는 만큼 학원에 안 나가는 날이 늘어났다. 다시 드라마라도 쓰겠다며 트렌드를 분석한다고 온갖 드라마를 섭렵하다가 새벽녘에 자고 오후에 일어나기 일쑤였다. 드라마 편수만큼 캔맥주를 해치우며 안 그래도 뚱뚱한 몸이 나날이 불어 갔다. 그즈음 한 웹사이트에 회원 가입하면서 지은 별명이 '게으르니'였다. 너무 게을러터져서 살고 싶은 의욕까지 바닥을 칠 즈음 우연히 문탁넷을 알게 되었다.

### 백일 수행 프로젝트

예전부터 고미숙 선생님의 책을 즐겨 읽었는데 문탁넷도 그의 책을 통해 알게 되었다. 전화로 문의를 했더니 『논어』를 공부하는 프로그램이 있다고 해서 신청했다. 와서 보니, 문탁샘이 튜터로 진행하는 '앎삶세미나'였다. 문탁넷 홈페이지에서 텃밭울력이 있다는 공지를 보고 텃밭에도 가 보고 등산 동아리를 따라 광교산 등산도 시작했다. 등산길에 이런저런 이야기가 오가던 중에 나의 일상도 밝히게 되었다. 문탁 샘은 그렇게 밤늦게까지 깨어 있으니 아침에 못 일어나는 것은 당연하다고 하셨다. 그 습관을 바꾸고 싶다면 매일 아침 문탁넷에 나와서 청소하고 공부하는 '불목하니'(절에서 밥 짓고 물 긷는 일을 맡아 하는 사람)를 백일 동안 해보라고 제안하셨다. 솔깃했다. 뭐가 됐든 지금보다야 낫겠지 싶었기 때문이다. 그렇게 백일 수행 프로젝트가 시작되었다.

아침 여덟 시에 문턱넷 문을 열고 들어서니 밤새 가라앉은 눅진한 공기가 나를 맞이했다. 온갖 창을 열어젖히고 청소기부터 찾았다. 대강의실 구석 음향기기의 전선들이 온통 엉겨 있는 곳을 요리조리 피해 청소기를 돌렸다. 이층 카페와 OA실, 공부방, 주방까지 쓸고 닦고 나서 화장실을 끝으로 청소가 끝났다.

이 과정을 매일 반복하다 보니 점점 안 보이던 것이 눈에 들어왔다. 강의실 바닥에 엉켜 있는 전선들을 가닥가닥 정리해서 보이지 않도록 정리하는 일, 창문 난간 쪽에 너덜대는 시트지를 정리하고 순간접착제로 마감하기, 주방에 말려 둔 온갖 식기와 조리도구들을 제자리에 수납하기까지. 매일 쓸고 닦아서 쌓이는 먼지가 줄어드는 만큼 공간 전체를 정리하는 손품은 늘어났다. 언젠가는 화장실 바닥을 청소하는데, 하수구가 막혀 물이 빠지질 않아 그걸 뚫느라 쩔쩔매기도 했다.

백일이 거의 끝나 가던 즈음 어느 날 아침에는 도어락이 작동하지 않았다. 출입구에 붙은 광고스티커를 보고 열쇠아저

씨를 불렀더니 10초 만에 해결해 주셨다. 그즈음 문을 열 때마다 삑삑댔는데 그게 건전지 교체 신호라는 걸 몰랐다. 불목하니로 시작해 출입구 도어락의 상태까지 살필 줄 아는 신체가 되고 나니 백일 수행이 끝나 가고 있었다.

문탁 샘이 홈피에 나의 수행을 알린 탓에 세미나를 하러 와서 나와 마주친 이들은 여지없이 "아… 게으르니 님이군요?"라며 반가워했다. 백일 동안 아무도 없을 때 조용히 청소만 하면 되는 줄 알았는데 그게 아니었다. 난생처음 보는 이가 나를 보고 반색을 하는데 대략 난감이었다. 적은 나이도 아닌데 제 몸 하나 주체하지 못해서 이런 모습을 보이나 싶어서 무척 창피했기 때문이다. 하지만 나 혼자서는 도저히 저 무기력에서 벗어날 자신이 없었다. 할 수 없이 창피함을 꾹꾹 눌러 가며 어색한 웃음을 짓곤 했다. 차츰차츰 시간이 흐르자 창피함도 많이 줄어들고 담백하게 인사를 주고받을 수 있게 되었다. 나중에는 처음 보는 이가 내미는 선물도 선뜻 받을 수 있었다. 알고 보니, 그도 문탁넷에 온 지 얼마되지 않았으며, 이곳에서 천연화장품을 만들기 시작했던 J였다.

어머니는 늘 나의 게으름이 문제라고 걱정을 하셨다. 그럴 때마다 나는 있는 대로 짜증을 부려서 어머니의 다음 말문을 막아 버렸다. 인정하기 싫었기 때문이다. 결국 그 게으름을 인

위이잉
대강의실 아침 청소

정하게 되었을 때 가족에게 도움을 구할 수는 없었다. 물리적으로도 심적으로도 이제 가족은 내게 너무 '멀어진' 사이였다. 드문드문 서로의 안부를 묻는 친구들에게 이런 속사정을 털어놓자니 계면쩍었다. 그랬던 내가 주말과 공휴일까지 포함 꼬박 백일을 매일 아침 여덟 시에 나와서 공간을 청소하는 부지런을 수행해 내다니. 점점 백일 수행의 끝이 보이기 시작하자 여기라면 나를 바꿀 수 있을지도 모르겠다는 기대를 품기도 했던 것 같다. 그렇게 나는 공동체에 쑤욱 들어섰다.

## 다른 일상이 펼쳐지다

백일 수행이 끝나갈 즈음이 되자 만나는 사람들도 모르는 얼굴보다 아는 얼굴이 더 많아졌다. 이렇게 수행을 열심히 하는데 별명을 '부지런이'로 바꾸라는 농담도 편하게 주고받게 되었다. 그러던 어느 날 한 친구가 나에게 슬그머니 물었다. "백일만 하고 그만할 거야?" 당시 나의 고민도 그거였다. 열심히 쓸고 닦다가 백일이 되었으니까 이제 끝, 이러면 되나? 절에서는 행자 생활이 끝나면 계를 받는다든가 하는 의례가 있었다. 하지만 여기는 절도 아니고 공동체에서는 어떻게 하는 건가.

나의 고민을 들은 문탁 샘은 이렇게 말했다. "백일 되면 끝내야지. 청소당번 있잖아." 내가 프로젝트를 하기 전에는 이 공간을 운영하는 회원들이 당번을 정해서 청소를 하고 있었던 것이다. 나는 그 말을 듣고 한시름 놓았다. 기약 없이 계속 청소를 해야 한다면 내가 할 수 있을까 점점 부담이 되어 가던 차였기 때문이다.

백일 수행이 열흘 남짓 남았을 즈음 문탁 샘은 홈피에 백일 쫑파티를 하자는 제안을 올렸다. 당시 주방지기였던 K가 특별식을 하겠다고 나섰고 다른 친구들도 축하 선물을 챙겨 오겠다는 댓글을 보는데 또 창피했다. 공동체에서는 조용히 넘어가는 일이 없구나. 절집의 행자처럼 계를 받는 의식은 없었지만, 친구들의 박수소리에 둘러싸여서 한 개의 촛불이 켜진 케이크를 자르고 나서 백일 수행 프로젝트를 끝냈다.

쫑파티가 끝난 후 문탁 샘이 올린 후기는 이런 문장으로 시작했다. "100일 전 게으르니가 발심했습니다. 다르게 살고 싶다!! 일상을 바꾸기로 했습니다. 늦게 일어나고 늦게 자는 습관부터 바꾸기로 했습니다. 하여, 시작된 게으르니의 100일 프로젝트!! 드뎌 오늘 100일째가 되었습니다." 게을러터진 습관부터 바꿔 보자고 시작한 수행이었다. 그렇게 일상을 바꾸니 늦게 자고 늦게 일어날 수가 없었다. 학원에 나가는 요일도 점점 줄어 공동체에서 더 많은 시간을 보내게 되었다. 혼자서 보내는 시간도 줄어드니 확실히 다른 일상이 펼쳐졌다. 그렇게 나는 공동체로 출근하게 되었다.

2회

# 동학同學,
# '쿨'할 수 없는 친구

## 공부 좀 했다

나는 공부 '좀' 하는 학생이었다. 우리 집에서 사남매 중에 내가 상장을 제일 많이 받았다. 조회시간에 교단 앞에 불려 나가 상도 받아서 동네에서도 소문 좀 났었다. 그래서인가 살면서 내가 공부를 좀 한다는 자신감을 잃은 적이 거의 없었다. 중학교 때부터 성적은 점점 하향곡선을 그렸고 당시에 학력고사 점수로 응시한 대학은 모두 떨어졌는데도 말이다. 그래서 1년짜리 기획 세미나 '내공 프로젝트' 모집 공지가 올라왔을 때 은근 두근거렸다. 기왕 공동체로 출근까지 하게 된 마당에 강도 높은 공부로 내공을 키울 수 있다니 출근길이 새삼 보람차게 느껴질 정도였다.

내공 프로젝트는 '이문서당'과 '학이당'으로 구성되어 있었다.* '이문서당'에서는 원문강독으로 『논어』를 읽었고, 학이당에서는 중국고대사상사 세미나와 글쓰기를 했다. 일주일에 이틀을 꼬박 공부하는 데 활용해야 했다. 『논어』를 원전으로 강독해 주시는 우응순 선생님의 음성은 무거운 경전의 말씀도 편안하게 들리게 하는 힘이 있었다. 강독을 하시다 "우리 아들 키울 때"라시며 교육에 유용한 꿀팁이라도 전수해 주시면 아이를 키우는 동학들의 호응이 급상승하기도 했다. 또 원전을 강독하시면서 우리가 샛길로 빠지지 않도록 꼼꼼하게 주석을 짚어 주실 때는 오랜 경륜의 내공이 느껴졌다.

* 당시 홈페이지에 올라왔던 '내공 프로젝트' 소개는 다음과 같았다.
문탁네트워크에서 '內功 프로젝트'를 시작합니다.
2012년 '내공 프로젝트'는 '고전학교 學而堂', '以文서당'의 두 과정으로 출발합니다.
모든 공부가 국가와 화폐에 포획되는 이 시대에 국가와 화폐의 중력을 거스르기 위한 공부를 시작합니다.
공부가 자신의 자리를 더욱 굳건히 지키는 데 이용되는 이 시대에 자신의 자리를 지키기 위해서가 아니라 그곳을 떠나기 위해 內功 프로젝트를 시작합니다.
'內功 프로젝트'는 자신을 스스로 돌보는 주체! 끊임없이 무한 변신하는 주체!
잠재성과 강도—內功—만으로 살아가는 주체를 꿈꾸는 공부의 새로운 비전입니다.
'內功 프로젝트'는 아무 밑천 없이도 존재의 자유를 향한 열정만으로 전문가 없이도 친구들과 함께 지금, 당장, 이곳에서 시작하는 공부의 새로운 형식입니다.
변죽이 아니라 심연을 향해! 우리의 공부가 시작됩니다.

'학이당'은 1년 동안 고대의 중국 사상 중 유학을 중심으로 천 년간의 사유를 다루는 커리큘럼으로 짜여 있었다. 천 년이라는 시간 감각이 없어서인지 처음에는 아무런 느낌도 없었다. 하지만 첫 책을 펼치는 순간부터 난관이 시작되었다. 읽는다고 읽는데 안 읽혔다. 우리가 너무 난감해하자 튜터인 문탁 샘은 배경지식이 부족한가 싶어서 『십팔사략』을 봐라, 『사기』를 읽자며 계속 참고도서를 제시했다. 세미나 텍스트도 버거운데 참고자료까지 그야말로 설상가상이었다. 공부 좀 하는 줄 알았던 자신감에 금이 가는 소리가 저 아래에서부터 들려오기 시작했다.

## 관성의 법칙

낮은 성적에도 불구하고 공부에 대한 자신감을 유지할 수 있었던 데는 독서도 한몫을 했다. 교과서는 점점 내 손에서 멀어지는 대신 다른 책은 나름 끼고 살았기 때문이었다. 하지만 나는 책이 흔치 않은 그 환경에서도 읽는 데 편식을 했다. 재밌는 이야기만 골라서 읽었다. 국어 교과서에서 이야기만 읽다가 동화책으로 세계문학전집으로 옮겨 갔다. 고등학교 때는 하라는 공부는 안 하고 밤새 소설책을 끼고 살았다. 교과서나 읽기에는 너무 심심했던 시절이었다. 너무 심심해서 흥미진진한 소설로라도 재미를 찾았다고나 할까.

하지만 학이당에서 읽게 된 책은 한 줄을 넘기기가 어려웠다. 스토리가 없는 것은 그렇다 하더라도 저자의 논리적 맥락을 좇아 가기가 너무 힘들었다. 인문학 텍스트라고 해봐야 가벼운 에세이류를 읽은 것이 전부인 나에게는 학이당의 모든 텍스트가 허들이었다. 한 줄을 넘기지 못하고 읽고 또 읽다가 지치는가 하면 여지없이 딴생각으로 빠져서 책장이 넘어가지 않기 일쑤였다.

『논어』에 나오는 원문을 읽을 때도 마찬가지였다. 공자의 제자 중에 자로(子路)라는 제자가 있다. 자로가 공자님께 군대를 통솔하게 되면 누구와 함께하겠느냐고 물었다. 공자님은 '맨손으로 호랑이를 때려잡으려 하고 황하를 걸어서 건너려는' 놈하고는 함께하지 않겠다고 했다. 나는 '포호빙하'(暴虎馮河)의 스케일에 꽂혔다. 침을 튀기며 자로를 옹호했다. 평소에 성급하게 행동하는 제자의 습관을 염려하는 스승의 맥락은 안중에 들어오지 않았다. 스토리에 꽂혀 읽는 관성이 작동한 것이다. 새로운 앎으로 진입할 수 없었다.

오후 수업이었던 글쓰기는 더 심각했다. 써 온 글을 피드백받고 나면 다음 주에는 다른 글을 써 갔다. 알아들을 수 없는 글이라기에 나름대로 알아들을 수 있도록 다른 내용을 썼는데, 왜 지난 글을 수정하는 데 집중하지 않고 갈아엎느냐는 지적을 계속 받았다. 억울했다. 『논어』에서 읽게 된 원문들은 어디선가 들어 본 익숙한 문장이 수두룩했다. 부모님에 대한 효라든가 연장자에 대한 공경이라든가. 그러다 보니 너무 '마땅해서' 궁금한 것이 없었다. 효도해야 하는데 효도하지 못하는 나를 자책하는 회로가 작동했다. 저절로 반성문이 써졌다. 반성이 아니라 연구를 하라는 지적을 받아도 무슨 뜻인지 알아들을 수 없었다. 반성이 뭐가 나쁜가.

인문학 공부를 하는 공간이라서 그런가, 이곳에는 소싯적에 공부 '잘'했던 이들이 수두룩했다. 이게 뭔 뜻이냐 물었는데 "교과서에서 배웠잖아"라고 말은 하지 않지만 표정에 다 드러날 때가 있다. 그럴 때 나는 시크하게 말했다. 나의 과학지식은 초등학교 때 배운 자연에서 끝났고, 영어는 단어 100개 정도나 알까, 수학은 중2에서 끝냈다니까. '그래도 난 좀 읽고 쓸 수 있으니까 괜찮아'라고는 말하지 않았다. 착각도 이 정도면 훈장감이다. 학교 공부는 하라고 시켰으니까 하기 싫었다는 핑계라도 있지, 이곳은 내 발로 찾아왔다. 공부해서 내공 좀 쌓아보겠다고.

책은 엉덩이 힘으로 읽는 것이다. 글은 쓰고 고치고 쓰고 고치고가 있을 뿐이다. 너무나 평범한 저 말들이 이 착각의 늪에서 벗어날 수 있는 방도라니. 말이 쉽지 실천은 너무 어려웠다. 그럴 때마다 함께 부대껴 준 동학(同學)들이 있었다. 그들이 없었다면 진즉에 그만두었을지도 모른다.

## 디어 마이 프렌즈, 학이당편

문탁 샘과의 인연은 학이당에서도 계속 이어졌다. 문탁 샘은 학이당 세미나 첫 시간을 보내고 후기에 이렇게 댓글을 달았다. "난 튜터다. 동시에 난 연구자다." 튜터로서 우리가 어디서 헤매고 있는지 살펴서 조목조목 정리를 해주었다. 또 연구자로서 세미나 때마다 새로운 질문을 구성하는가 하면 우리가 해답을 찾느라 우물쭈물하는 사이 다른 질문으로 옮겨 갔다. 결과적으로 학이당에서 가장 열심히 공부하는 동학의 자리를 한 번도 놓친 적이 없었다.

문탁 샘은 그 와중에도 공부는 밥심으로 하는 거라며 학이당 멤버들을 집으로 초대해서 손수 밥을 차려 주기도 했다. 우리가 전전긍긍 써 온 에세이를 향해 "난 니가 뭘 쓰고 싶었는지 알 수가 없다. 이렇게 쓰고 있는 니 욕망을 들여다봐!"라고 피드백을 할 때는 목소리가 쨍해지셨다. 덩달아 우리도 긴장하게 되었다. 그런 긴장감 속에서 에세이 발표를 마치고 나면 후련하기도 하고 섭섭하기도 했다. 어쨌거나 통과의례처럼 그 시간을 보내도 전원이 어김없이 새로운 시즌을 맞이했던 걸 보면 문탁 샘은 영락없는 우리의 스승이셨다.

학이당 첫해에 같이 출발한 동학은 총 10명이었다. 각자의 조건도 다 달라서 나처럼 싱글이 있는가 하면 아이가 고등학교를 졸업한 이도 있었다. 그 와중에 P는 유치원에 다니는 딸아이를 끼고 공부를 하러 온 '늙은' 엄마였다. 당시 세미나에 결석을 하게 되면 홈피에 결석계를 냈다. P가 낸 결석계에는 "시어머님 병원 오신다고 전화하셨습니다. 딸도 있고 아들도 있는데 '네가 가야겠구나' 하시네요. 불끈했지만 돈 못 벌고 공부만 하며 노는 며느리"의 사정이 줄줄이 적혀 있었다. P는 손맛 또한 일품이어서 문탁넷에서 P가 만든 음식은 매번 완판이었다. 한창 손이 가는 유치원생 엄마에 고분고분한 며느리, 맛집 셰프까지 겸하면서 공부를 하자니 P의 일상은 잠잠한 날이 드물었다. 공부가 늘지 않는다고 하소연을 일삼더니 학이당 3년 차엔가는 공부방의 총무를 자청하고 나섰다. 번다한 일상의 잔가지를 치고 공부방 붙박이로 거듭나겠다는 출사표를 던

지면서 말이다. 그러나 여전히 P를 찾는 곳이 너무 많았다. 결국 그는 남편의 직장이 있는 지방으로 이사를 가면서 문탁넷에서 함께 공부하는 시절을 마감했다(그후 전주에 있는 고전번역원에 입학하여 만학에 반장 활동까지 한다는 근황을 전해 와서 우리를 기쁘게 했다).

『논어』 원문을 배웠으니 그걸로 밥도 벌자는 취지로 '어린이 이문서당'을 열었다. N과 C가 훈장으로 나섰다. 매주 『논어』 한 구절을 읽고 쓰고 암송하는 아이들이 주는 감흥에 우리까지 덩달아 보람찼다. 그 와중에 C는 남편의 경제활동이 여의치 않아 직업을 구해야 하나 고민이 깊어졌다. 그럴 때마다 나는 어떻게든 공동체에서 밥을 벌 수 있는 방법을 찾아 보자고 했다. 하지만 서당만으로는 역부족이었다. 결국 C는 학이당을 접고 결혼 전 경력을 살려 직장을 구했다. C를 떠나보내면서 우리의 공부가 당장의 고민을 해결하는 데 아무런 도움이 못 되는 것 같아 마음이 착잡했다.

우리는 함께 공부하면서 '내공'을 키우고 싶었다. 전문가 없이도 아마추어의 지성으로 연구하는 연합체 되기, 가족의 자장 안에서도 끄달리지 않기, 돈 앞에서 기죽지 않기. 하지만 현실은 늘 우리의 내공을 능가했다. 학이당에서 공부한 연수가 쌓여 가도 우리의 연구력은 좀처럼 늘지 못했고, 가족이 당기는 중력은 그 무엇보다도 힘이 셌다. 돈만 벌면서 사는 것도 불행했지만, 돈 없이는 살 수 없는 현실을 언제까지 외면할 수도 없었다. 나는 그렇게 같이 공부를 시작했던 친구들이 하나둘 저마다의 사정으로 학이당을 떠나는 것을 무력하게 바라볼 수밖에 없었다.

그렇다고 마냥 책만 읽고 있을 수는 없었다. 2019년에는 학이당에서 공부했던 Y와 G와 함께 『원문으로 읽는 낭송 논어』를 출간했다. 6개월이 넘는 시간을 매주 모여서 『논어』의 문장을 해석하고 낭송하기에 적합하도록 다듬었다. 셋이 모이니 문장 하나를 읽어 내는 데도 생각이 다 달랐다. G가 주자의 주석에 근거해 정확하게 뜻을 밝히자고 하면, Y는 낭송할 때 의미가 잘 전달되려면 좀 더 유연한 해석이 필요하다고 주장했다. 나는 때로는 G의 해석에 동의했다가 Y가 직접 읽어 보라며 낭송용이 아니라고 들이대면 꼬리를 내렸다. 출판사에 넘기기 전 마지막 수정 원고는 D네 집에서 1박 2일 숙식을 제공받으면서 검토했다. D는 삼시 세끼를 차려 먹이며 허리에 복대를 차는 투혼까지 발휘하여 490여 개의 문장을 끝까지 함께 읽었다. 시간이 갈수록 주석이고 낭송이고 그저 끝내자에 대동단결했다. 마지막 문장을 다듬고 원고를 덮으니 시야가 몽롱해지고 온몸이 나른해졌다. 물론 교정지가 나왔을 때 우

응순 샘의 감수(監修)를 받아서 또다시 수정을 감수(感受)해야 했지만.^^

## 학이당에서 고전공방으로

학이당에서 공부했던 4년 동안 세미나했던 책들을 쌓아 보면 아마도 내 키는 훌쩍 넘을 것이다. 그러나 이제는 그만큼 아는 것이 많다고 착각하지 않는다. 자료가 필요해서 다시 그 때의 책을 꺼내 보면, 처음 같은 낯선 내용이 새록새록 읽히기 때문이다. 저자들의 빛나는 사유는 세미나가 끝나면 저절로 머릿속에서 사라졌다. 하지만 친구들은 남았다. 학창시절을 함께 보낸 동창(同窓)들과도 다르고 직장에서 만났던 동료(同僚)들과도 다른 동학(同學)이었다.

공동체 안에서 함께 공부하다 보니 동창이나 동료처럼 '쿨'하게 관계를 맺을 수 없었다. 세미나를 하고 에세이를 쓰고 공간을 청소하고 밥당번을 하는 일에 이르기까지 공부거리가 아닌 것이 없었다. 처음에는 나의 말과 글과 행동에 대해 지적하는 친구의 말이 불편해서 마음이 부대꼈다. 하지만 점점 나의 문제를 인정하고 고치려고 애쓰게 되었다. 함께 공부했던 시간이 적당히 '쿨'하게 선을 긋지 않고 어떻게든 서로에게 개입하려는 마음을 쓰게 만들었다. 그렇게 우리는 서로의 민낯을 보이면서도 떠나지 않고 더 나은 사람이 되기 위해 함께 공부하는 동학(同學), 특출한 스타플레이어는 없지만 함께 모여서는 무엇인가 해낼 수 있는 팀이 되었다.

저간의 사정으로 떠나는 동학의 자리에 새로운 동학들이 합류했다. C도 돌아왔다. 출근을 하지 않는 주말에 다시 공부를 하러 나왔다. 회사에서 시도 때도 없이 벌어지는 비인간적 처사에 분노하다가, 문탁넷은 딴 세상 같다며 성토하다가, 여기라도 나와야 정신줄을 잡을 수 있지 않겠냐고 하소연하기도 했다. 그런 C를 보며 생각했다. 그가 지금 집안의 경제를 책임지는 가장 노릇에 충실하듯이, 나는 지금 여기서 공부가 밥이 되는 일에 충실해야겠다고. 그리고 C에게 말했다. "C, 지금 잘하고 있어."

학이당을 거치면서 새롭게 합류한 동학들과 함께 '고전공방'으로 다시 뭉쳤다. 고전으로 글도 쓰고 강의도 하면서 적극적으로 우리의 공부를 생산하자는 뜻을 밝혔다. 요즘은 연구자의 포스가 남다른 J의 지휘 아래 최근의 트렌드를 반영하여, 고전 원문과 그와 관련한 에세이를 담은 영상을 만들고 유튜브에 올리는 일이 한창이다. 세상의 변화에는 민감하게 그러나 속도를 낼 때는 느긋하고 싶지만 어느 것도 만만치는 않다. 변화는 너무 빠르고 우리만의 속도를 터득하자니 살펴야 할 것들이 너무 많기 때문이다. 그럼에도 불구하고 지금 여기서 할 수 있는 일을 찾아내고 도모하고 실행하는 동학들과 함께 길을 내 볼 작정이다.

3회

# 감정이 촉발되는 순간,
# 수행이 시작된다

내가 속해 있는 공동체가 여기저기 알려져서인지 방문 손님들이 종종 있다. 공간을 둘러보고 나면 대부분 경제적 비용을 어떻게 충당하는지 궁금해하며, 그다음은 내부에서 갈등은 없는지 물었다. 그럴 리가 있느냐 우리도 매일매일 지지고 볶는다고 대답한다. 그러면 그렇게 지지고 볶는데 어떻게 공동체가 계속 유지되는지 긴가민가하는 표정이 역력하다. 나 역시 공동체에 들어오기 전에는 공동체에는 별다른 갈등이 없을 거라고 막연히 생각했다. 직접 살아 보니 그렇지 않았다. 공동체 안에서도 수시로 감정이 촉발되고 그 감정들이 충돌하면서 갈등과 불화가 생긴다. 다만 그것들을 어떻게 감당하는지의 차이가 있을 뿐이었다.

안 싸우세요?
하하.
그럴리가요

## 나의 노여움

2022년 나는 무진장(이 책 10회 참조)의 운영회원이 되었다. 코로나19 바이러스로 인한 거리두기 상황이 길어지면서 무진장의 회원들도 소원하게 지낼 수밖에 없었다. 모임 제한이 풀리는 때를 맞아 운영회의에서는 오랜만에 야유회라도 가자고 제안했다. 야유회 준비를 겸한 운영회의가 있어서 다른 때보다 좀 일찍 출근했다. 그런 나를 본 친구가 웬일이냐 물어서 무진장 운영회의가 있다고 했다. 그러자 대뜸 사람 피곤하게 하는 일 좀 그만 하자고 말했다. 나는 무진장에서 야유회 가는 것이 어떻게 피곤한 일이냐고 받아쳤다. 친구는 인문약방* 일도 많은데 야유회까지 너무 피곤하다고 되받아쳤다. 점점 언성이 높아지면서 같은 말이 반복되고 있었다. 그러던 끝에 친구는 관성적으로 조직하는 활동으로는 사람 마음을 움직일 수 없다고 했다. 야유회가 관성적인 활동이라고? 나는 말문이 막혔다. 언쟁은 거기서 멈추었지만 나는 여전히 노여움에 휩싸인 채 그 자리를 떠났다.

* 인문약방은 양생과 관련한 담론 생산과 활동을 비전으로 삼아 문탁넷에서 분화된 활동 단위이며, 활동의 일환으로 일리치약국을 열었다.

내가 속했던 공동체가 2020년부터 인문약방, 생태공방, 문탁넷으로 나뉘었다. 나는 양생과 관련된 다양한 활동을 기획하고 약국도 직접 운영해서 먹고 사는 인문약방 구성원이 되었다. 활동의 영역이 달라지니 확실히 함께하는 활동이 많이 줄었다. 이렇게 야유회라도 가서 맛있는 것도 먹고 유치한 게임도 하면서 서로에게 소원했던 시간을 회복하고 싶었다. 다들 그런 마음으로 야유회에 참석하겠거니 기대했다. 그런데 이런 나의 기대와는 다른 반응에 맞닥뜨리자 당장에 노여움부터 치솟았던 것이다. 어째서 친구의 피곤하다는 말에 노여움부터 일어났을까.

나의 기대 즉, 바라는 바는 이미 내 안에 생겨난 마음이었다. 공동체 안에 일어나고 있는 변화 속에서 예전의 활동으로 그 화합을 회복하겠다는 것이었다. 화합을 회복하고 싶다는 바람이 마땅했기 때문에 피곤하다는 친구의 말을 듣는 순간 바로 시비심이 일었다. 나는 옳고 친구는 그르다는 시비심은 노여움을 촉발하는 방아쇠로 작동했다. 이렇게 일어난 감정은 사태의 정황을 헤아리는 밝음으로 이어지지 못하고 한바탕 소모적인 언쟁으로 이어지고 말았다. 장자는 시비를 따지고 분별하는 인식을 넘어 자연스러움을 따라야 한다고 했다. 내가 바라는 화합이 장자가 밝힌 자연스러움의 형상이라면, 감정을 촉발시키는 시비 분별부터 다스려야 했다. 그런 면에서 사태에 맞닥뜨려 촉발되는 감정은 내가 무엇에 가려져 어디에서 헤매고 있는지 드러내는 바로미터였다.

## 친구의 슬픔

생태공방에는 나보다 먼저 공동체에 접속해서 간간이 세미나를 하고 있었던 친구가 있다. 내가 동양고전으로 공부를 시작할 무렵, 친구는 마을경제와 관련한 세미나를 거쳐 마을작업장을 만드는 데 힘을 쏟았다. 마을작업장은 공동체 안에서 천연화장품을 만드는 작업을 시작으로 찬방, 베이커리, 길쌈방, 중고용품을 판매하는 활동들을 펼쳤다. 작업장 공간이 포함된 마을공유지 '파지사유'를 개업하던 날, 플레어스커트 주름을 휘날리며 이웃들에게 개업 떡을 돌리던 친구의 경쾌한 발걸음이 아직도 잊히지 않는다.

하지만 친구는 마을 경제와 관련한 활동과 경험을 글로 써 보라는 제안에는 늘 회의적이었다. 경험하고 배운 것을 글로 생산하는 사람이 있으면 충실한 활동으로 표현하는 사람도 있지 않느냐는 입장이었다. 그래서 공동체가 분화되어 생태공방을 꾸릴 때도 친구는 파지사유 공간에 제로웨이스트샵을 열었고 손작업을 주로 하는 길쌈방을 꾸렸다. 친구는 이곳이 에코 활동에 관심이 있는 사람들의 아지트가 되고 손작업의 장인을 꿈꾸는 이들의 작업실이 되기를 바랐다. 같은 장소 한쪽에 약국을 차리고 상담을 하며, 양생과 관련한 공부에 집중하고 싶은 인문약방으로서는 그 작업실에서 발생하는 온갖 소리들에 신경이 쓰일 수밖에 없었다.

주중에는 약국 일을 주로 하고 주말에 세미나를 해야 하는 나는 일하는 틈틈이 책을 읽었다. 생태공방 활동으로 모인 친구들이 온 공간을 어수선하게 누벼도 어디 빈틈이 있으면 책을 펼쳐 놓고 읽었다. 온갖 소리에 집중이 될 리 없었다. 그래도 읽었다. 결국은 공간회의에서 생태공방 작업이 없는 날을 정해 생산 공간을 공부방으로 전용하자는 제안을 했다. 친구는 이곳은 공부만 하는 곳이 아니라고 반대했다. 나는 공부도 하는 공간으로 쓰면 안 되느냐 되물었다. 아슬아슬하게 언쟁은 피했지만 각자의 입장을 철회하기에는 어딘지 마땅치 않은 구석이 남은 채로 회의가 끝났다.

그 사이 코로나19 바이러스의 유행은 좀처럼 잦아들지 않았고 사람들의 발길도 점점 뜸해졌다. 작업장이냐 공부방이냐는 분간이 무색할 정도였다. 사람들이 드나들면서 일으키는 활력으로 생태적인 삶의 양식을 발명하고 싶었던 친구의 바람을 실천하기에 현실의 난관이 너무 벅찼다. 때마침 공동체의 분화까지 진행되어 협력을 모색할 동력도 역부족이었다. 한편으로 공동밥상을 차릴 밥당번을 조직하려니, 모일 수도 없는데 각자 알아서 해결하자는 말들까지 오갔다. 그동안 밥과 공부와 우정의 공동체를 비전으로 삼았던 나로서는 상상할 수 없는 반응이었다. 그러고 있던 어느 날 친구와 나는 저녁을 함께 먹게 되었다. 그 자리에서 친구가 "만약 공동체 밖에서 직장일 열심히 하고 남들처럼 살았으면 지금 어땠을까"라며 울먹이는데 나까지 울컥해졌다. 우리가 바라던 공동체에서 너무 멀어진 것 같은 현실이 절실하게 와 닿았기 때문이다. 그 순간의 공감으로 우리의 갈등은 더 이상 의미가 없어졌고, 어떻게 이 순간에서 벗어날 것인가가 더 중요해졌다. 어떤 감정이 또 다른 감정으로 전환할 수 있는 공감의 효력을 깨닫는 순간이기도 했다.

## 미움에 휩싸였던 세미나

직장인도 함께 공부할 수 있는 일요일 세미나를 기획하면서 튜터를 맡게 되었다. 연초에 프로그램 모집 공고를 올려 놓고 이제나저제나 신청자를 기다렸지만 별다른 반응이 없었다. 그러다 보니 한 명 한 명 신청 댓글이 그렇게 반가울 수가 없었다. 네 명은 모집되어야 할 수 있다는 마지노선을 딱 한 명 넘겨서 다섯이 되어 세미나를 열 수 있게 되었다. 마지막에 신청한 사람은 공동체에서 함께 지낸 지도 제법 되는 청년이었다. 공동체 안에서 기획한 여러 공부 중에 딱히 끌리는 것이 없다며 개강 전날까지도 망설이던 끝에 한 결정이었다.

1학기 세미나가 중반을 넘어선 즈음 그 친구에게서 문자가 왔다. 세미나를 그만두고 싶다는 것이었다. 세미나를 할 때 별말이 없다가도 가끔 우리가 생각지 못한 지점을 포착하는 예리한 질문을 던져 동학들의 인정을 받곤 했던 터라 뜻밖이었다. 일주일 후, 세미나가 끝날 무렵 그 친구가 의향을 밝혔다. 다른 동학들이 "세미나 말고 하고 싶은 일이 뭐냐, 그래도 중간에 포기하지 말자, 다른 까닭이 있느냐" 묻기도 했다. 그 말들을 묵묵히 듣던 그 친구가 주저하는 목소리로 튜터와 공부하는 게 자신과 맞지 않는 것 같다고 했다. 나 때문이라고? 그러자 옆에 있던 동학이 튜터가 말이 너무 빨라서 따라가기가 어렵다고 덧붙였고, 건너편에 앉은 동학은 다른 의견을 잘 못 받아들이는 것 같다고도 했다. 튜터로서의 단점을 지적받으니 얼굴이 벌게졌다. 그 친구에게 지각하지 말고 메모를 종이에 출력해 오라고 했던 것 등을 가리키는 거라면 할 말 없다고 정색을 하고 말았다. 분위기가 썰렁해졌다. 동학들의 의견도 들었으니 본인이 최종 판단하라는 말을 끝으로 세미나를 끝냈다.

이런 빌미를 제공해 어색한 상황을 만든 그 친구가 미웠다. 한편으로 처음 듣는 지적이 아닌데도 들을 때마다 속이 상하고 매번 못 고치고 있는 나한테 실망하기도 했다. 그렇게 오르락내리락하는 감정을 들여다보며 일주일을 보내고 다음 세미나 시간이 돌아왔다. 그 친구도 결정을 내리지 못하고 세미나에 나타났다. 그날의 세미나가 끝나고 우리 둘은 마주 앉았다. 올해 공동체 안에서 맡은 일이 늘어나면서 힘들다는 그 친구의 이야기를 들었다. 그 와중에 공부까지 하자니 왜 하는지 모르겠다고 했다. 나는 공부를 하면 훌륭한 사람이 되는 줄 알았는데, 하면 할수록 내 자신이 더 강고해지는 것 같아 괴롭다고 했다. 그런 속마음을 털어놓으며 두 시간을 넘기고 나서 우리는 1학기 세미나는 마무리하자는 것으로 결론을 냈다. 그 친구는 1학기 에세이에서 공부에 대해 자신이 느끼는 곤란함에 대해 솔직한 심정을 썼다.

공자님은 제자 안회(顔回)가 배우기를 좋아해서 노여움을 옮기지 않았다고 했다.* 처음 이 문장을 읽었을 때는 배움과 노여움이 어떻게 연관되는지 납득이 되지 않았다. 하지만 이제 조금은 알 것도 같다. 감정이 일어나지 않는 공동체는 없다. 그렇기 때문에 감정을 어떻게 감당할 것인가가 관건이다. 내가 속한 공동체에서는 함께 공부하고 일상이 공유되는 현장에서 그 감정들과 마주친다. 대부분의 촉발된 감정은 단번에 사그라지지 않았다. 감정이 일어났던 맥락을 헤아려 보기도 하고, 상대를 피하지 않고 다시 마주치면서 느껴지는 감정의 변화도 살펴야 했다. 이러한 과정에서 배움이 일어났다. 내가 무엇에 가려져 상황을 제대로 인식하지 못했는지 파악해 볼 수 있다. 안회는 이 과정을 좋아했기 때문에 결과적으로 감정을 옮기지 않고 평정에 처하는 일상을 유지할 수 있었다.

내가 인문학 공동체에서 보낸 시간을 헤아려 본다면 나 역시 배우기를 좋아했다. 그럼에도 촉발된 감정을 상대에게 고스란히 옮기고는 했다. 나의 공부가 여전히 미흡하다는 반증

* 『논어』「옹야」편에 나온다. 孔子對曰: "有顏回者好學, 不遷怒, 不貳過. 不幸短命死矣. 今也則亡, 未聞好學者也."(공자대왈: "유안회자호학, 불천노, 불이과. 불행단명사의. 금야즉무, 미문호학자야.") 공자께서 대답하셨다. "안회가 배움을 좋아하여 노여움을 남에게 옮기지 않았으며, 잘못을 되풀이하지 않았습니다. 불행히도 명이 짧아 죽었습니다. 지금은 없으니, 아직 배움을 좋아하는 사람에 대해 듣지 못했습니다."(『원문으로 읽는 낭송 논어』, 김수경·나은영·이수민 풀어 읽음, 북드라망, 2019, 170쪽)

이기도 하지만, 이런 나를 비추어 볼 수 있는 친구들이 있어서 나의 수준이 드러나기도 하는 셈이다. 세 사람이 걸어가면 반드시 스승이 있다고 했다. 이곳은 속일 수도 숨길 수도 없는 감정들을 그대로 비춰 나를 깨우쳐 주는 스승으로서의 친구들이 수두룩하다. 이들이 있어 매순간 일어나는 감정들을 점검하면서 하루하루 나는 여전히 수행 중이다.

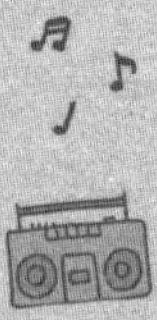

4회

# 내가 배웠던 '학교', 파지스쿨

## 세상에 하나뿐인 학교

문탁넷에 온 지 얼마 안 되었을 때였다. 문탁 샘이 청소년인 악어떼*들을 데리고 직업 체험을 하는 프로그램을 진행하고 있었다. 어느 날 프로그램 전 시간이 비는 틈에 악어떼들과 이야기를 나눌 기회가 있었다. 다음 프로그램으로 뭘 하고 싶은지 묻는데 녀석들이 도통 대답을 안 했다. 답답해진 나의 음성이 커졌던지 지나가던 문탁 샘은 "애들이랑 얘기 좀 해보랬더니 싸우고 있냐?"고 했다. 싸우기까지야 싶었지만 여튼 청소

* '악어떼'는 동천동에 위치한 사회복지시설 '성심원'에 살고 있는 고등학생들과 문탁넷 회원들이 만든 동아리 이름이다.

년들을 상대하는 일은 나랑 맞지 않는다고 다시 한번 생각했다. 하지만 어쩌다 어린이서당에서 수업을 맡은 후, 문탁넷의 청소년 프로그램 전체를 기획·운영하는 '주권 없는 학교' 활동까지 겸하게 되기에 이르렀다. 공동체에 있다 보면 적성 운운할 수 없는 때가 있기 마련이다.

'주권 없는 학교'는 "학교 밖에서도 얼마든지 재미있고 유익한 배움의 장을 함께 만드는 실험"을 하려는 활동 단위였다. 당시 청소년 프로그램을 진행하고 있던 친구들로 운영진이 구성되었다. "스스로가 자신의 삶을 발명하고, 서로 간에 삶의 활력을 주고받는 10대들의 삶의 터전, 가르침이 배움이 되고, 배움이 가르침이 되는 배치를 함께 모색하는 곳, 10대와 어른들의 연대의 장"을 '주권 없는 학교'의 비전으로 삼았다. 동시에 흔히 좋은 교육이라는 표상에 맞서 "사심 가득하고 당파성이 분명하고 주관이 뚜렷한 공부"를 표방했다.

하지만 실제 '주권 없는 학교' 프로그램은 학교 수업이 없는 주말을 이용해 학생기록부에 쓸 수 있는 이력을 원하는 학생들이 주로 신청했다. 학교를 떠난 청소년들이 프로그램을 신청하는 경우는 좀처럼 나타나지 않았다. 그래서 학교 밖에서 다른 배움을 찾고 싶은 청소년들이 주중에 다닐 수 있는 학교를 열어 보기로 했다. '주권 없는 학교' 세미나를 통해 기존의 교육을 벗어나 세대 구분 없이 공통의 삶을 구성하는 방법을 모색했던 친구들과 교사진을 꾸렸다. 그간 문탁넷에서 공부했던 인문학 프로그램을 반영해서 커리큘럼을 짰고, 학교 이름은 '파지스쿨'로 정했다. 당시 교실로 쓸 공간이 마을의 공유지였던 파지사유이기도 했고, 기존의 인식을 깨트리며 배워나간다[破知]는 의미도 실었다. 나는 그동안 공부했던 동양고전을 원문으로 가르치는 고전 담당 교사로 합류했다.

타고난 목청이 커서 싸우는 것으로 비친 탓도 있지만, 악어떼들과 마주 앉아서 무슨 공부를 하면 좋겠냐고 다그치던 나는 분명 청소년들에게 '친절한' 교사는 아니었다. 그럼에도 내가 공동체에 접속해서 배우고 익힌 것들을 그들에게도 전수해 보겠다는 의지, 기존의 책 읽기와는 다른 고전의 원문을 과목으로 만난다는 변화 등이 새로운 도전으로 여겨졌다. 더구나 '주권 없는 학교'의 비전이 실현되면 정말로 이 세상에 하나밖에 없는 학교가 될지도 모르겠다는 기대도 품었던 것 같다.

## 교사는 어떤 수업을 지향해야 하는가

공고를 내고 신청자를 기다렸지만 반응이 신통치 않았다.

우리는 학교 밖 청소년들이 억지로 하는 공부가 아니라, 스스로 계획하고 실천하는 공부가 하고 싶을 것이라 예측했지만 빗나갔다. 학교에서도 공부가 하기 싫어서 그만뒀는데 여기서 또 공부한다고요? 그것도 재미라고는 없는 인문학이라니. 도통 반응이 없다가 마감 일자가 다가오면서 한두 건 문의가 오더니 결국 여섯 명의 학생이 입학했다. 고등학교를 졸업한 후 대학에 가지 않은 세 사람, 고등학교를 다니다 휴학 중이거나 자퇴를 한 세 사람. 그중에 한 명은 두 번인가 수업에 왔다가 파지스쿨의 커리큘럼이 자신과 맞지 않다며 그만두었다. 결국 다섯과 함께 본격적으로 수업을 시작했다. 학생 다섯에 교사가 여섯인 학교, 정말 세상에 하나뿐인 학교가 되었다.

나는 G와 함께 우리가 배웠던 『논어』를 가르치기로 했다. 한문으로 된 원문을 가르치자니 일일이 설명을 해야 했고, 배경지식도 알려 주어야 했다. 어느 날 G가 나에게 수업 시간에 말이 너무 많은 것 같다고 했다. 다 알려 주겠다는 마음이 앞서서 말이 홍수처럼 쏟아져 끊이질 않았나 보다. 그럼에도 막상 지적을 받으니 기분이 좋지 않았다. 더구나 교사가 말이 많은 수업이 문제가 있다는 의견에도 동의하기가 어려웠다. 그 또한 학생들이 말을 많이 해야만 '좋은' 수업이라는 전제에서 비롯된 것처럼 들렸기 때문이다.

『논어』 원문으로 수업을 하다 보면 문장의 뜻부터 설명하게 된다. 한자는 표의문자라서 뜻이 하나가 아닐 경우가 많다. 꼭 알았으면 좋겠는 뜻을 부연설명하고 문장 전체의 맥락까지 짚어 주노라면 학생들의 머리에 쥐가 나는 게 느껴진다. 그래 놓고 "자, 질문해 보자"라고 하면 멍해지는 눈동자들이 나를 향한다. 당황한 나는 뭐라도 더 설명하려고 말이 점점 많아진다. 말이 산으로 간다. 그럴 때 누군가 엉뚱한 질문이라도 해서 분위기를 전환하면 그나마 다행이다. 하지만 대부분 서로 멀뚱멀뚱 쳐다보는 사이 수업은 끝나고 만다.

그 와중에 기억에 남는 순간들도 있었다. 학생들은 공자님이 스스로를 하늘이 내린 문명의 수호자로 자임하는 내용을 읽더니 잘난 척 쩐다고 놀렸다. 공자님의 애제자 안연의 완전무결함에 그는 실존 인물이 아니라는 귀신론을 들고 나왔을 때는 신선하기까지 했다. 청소년 인문학 축제인 '향연'에서 『논어』 한 문장에서 깨달은 것을 에세이로 발표했을 때, 가슴 뻐근한 감동도 있었다. 서로의 무지에 의지하여 가볍게 문장을 즐기고 진지하게 자신의 질문을 벼렸던 시간, 어쩌면 그것이 배우고 익히는 동안에 일어나는 기쁨의 순간이 아니었을까.

수업 시간에 교사가 말이 많다는 문제 제기는 다른 수업에서도 계속되었다. 그럴 때 우리는 당시 자신이 수업 시간에 느끼는 한계를 허심탄회하게 털어놓는 기술이 부족했다. 그저 '좋은' 수업은 이래야 한다는 당위에 묶여서 서로에게 상처를 주기 일쑤였다. 오죽하면 다른 친구들이 당시 '파지스쿨' 교사들에게 "너희 오늘은 안 싸웠니?"라며 안부를 물었을까.

## 엄마인가 선생인가

파지스쿨 수업 중에서 N프로젝트라는 수업이 있었다. 주제를 정하고 일정을 짜고 진행하는 과정 전체를 학생들이 스스로 해내는 수업이었다. 『논어』를 원문으로 읽는 고전수업이나 조지 오웰의 작품을 읽고 에세이를 쓰는 인문수업과 달리, 학생들이 원하는 대로 관심사를 취합하여 무엇이든 도전해 보는 수업이었다. 파지스쿨의 커리큘럼에서 가장 기대를 모았던 과목이기도 했다. 학생이 다섯이었기 때문에 다섯이 함께하는 기획도 좋고 짝을 지어 협력하는 프로젝트면 어떻겠느냐는 제안도 했다. 하지만 학생들은 도전해 보고 싶은 과제가 각자 달랐다. 교사들은 한 사람씩 학생과 짝을 지어 프로젝트 진행과정에 조력자 역할을 맡았다.

나는, 자신의 일상을 홈피에 기록하겠다는 도전을 과제

로 삼은 M군의 조력 담당이 되었다. M군은 자신의 경험을 기록하면서 글쓰기 습관도 들이고 자신도 모르는 자신을 발견하고 싶다는 기획을 제출했다. 글은 요일을 정해 홈피에 게재하기로 했다. 첫번째 글, 두번째 글이 실리는가 싶더니 점점 글이 올라오는 텀이 길어졌다. 과제를 수행하지 못한 까닭은 언제나 있었다. 시간이 지날수록 다른 과제나 알바 등에 밀려서 펑크를 내는 상황이 반복되었다. 과제를 점검하는 시간이 잔소리 시간으로 바뀌어 갔다.

생활 습관에서도 문제가 일어났다. 멀리서 오는 학생들은 거의 지각을 안 했다. 집이 코앞인 녀석이 매번 지각을 했다. 처음엔 타이르고 다음엔 경고를 하고 마지막엔 얼굴을 붉혀도 개선의 여지가 없었다. 아무리 혼나도 그때뿐이었다. 다른 학생들도 공동체 밥상의 밥당번이나 공간을 청소하는 당번일 때 연락도 없이 안 나타나기도 했다. 그럴 때 원색적으로 윽박지르는 '엄마'가 아니라 정확한 근거를 들어 설득하고 행동의 변화를 이끌어 내는 '선생'이 되고 싶었다. 하지만 나는 매번 거의 엄마가 되어 그들을 질책하는 잔소리나 늘어놓게 되었다.

파지스쿨을 열 때, 우리는 학생들이 수업이 있는 이틀뿐 아니라 수업이 없는 날에도 공간에 나와서 문탁넷의 다른 활동에 접속하기를 바랐다. 하지만 학생들은 수업이 있는 이틀을 제외하면 공간에 얼씬도 않으려고 했다. 저마다 다른 일정이 있다는 사정도 있었지만, 공간에서 만날 수 있는 사람들이 대부분 학생들의 '엄마' 연배인 것도 영향을 주었을 것이다. 라이프 스타일도 관심사도 심지어 섭생마저 다른 세대와 함께 공부하고 일도 하는 실험은 애초에 불가능한 기획이었을까. "지각하지 마라", "약속했으면 지켜야지" 같은 말을 잔소리로 하지 않으면서 그들과 관계 맺는 방법을 좀처럼 찾지 못한 채 시간은 흘러갔다.

## 또 한 번의 졸업

2014년 하반기 학생 모집으로 문을 연 파지스쿨은 2015년 본격적으로 학생을 모집했다. 그러나 신청하는 학생 수는 첫해의 기록을 갱신하지 못했다. 설령 한두 명 늘어나더라도 졸업까지 하는 학생의 수는 매년 줄어들었다. 2017년에는 입학 신청자가 0명이었다. 결국 파지스쿨 교사들은 강제 휴식년에 들어갔고, 나는 파지스쿨 교사 활동을 접었다. 학생들이 졸업까지 못 가는 이유는 다양했다. 건강상의 이유도 있었고 다른 진로를 찾아 떠나기도 했다. 교사가 배운 것을 학생들에게 가르치는 우리의 커리큘럼이 더 이상 그들의 마음을 끌지 못했던 것도 떠나는 이유가 되었을 것이다.

나는 초등학교에서 고등학교까지 12년 내내 개근상을 받았다. 당시 12년 개근상은 우등상보다 더 빛나는 상장이라고 으스댔던 기억이 선명하다. 나라고 왜 학교 가기 싫은 날이 없었을까. 하지만 나는 아파도 학교에 가서 아파야 하는 것이야말로 '성실'의 척도인 줄 알고 꾸역꾸역 학교를 다녔다. 문탁넷에 와서 '주권 없는 학교' 세미나를 하고 기존의 학교 제도를 비판하는 책들을 접하고서야 그것이 하라는 대로 의심 없이 따르는 나를 만드는 방법의 하나라는 것을 깨달았다. 그런 성실만으로는 스스로가 자신의 삶을 발명하는 능력으로 확장될 수 없었다. 기존의 제도를 벗어나 새로운 배움의 양식을 모색하고 싶었던 파지스쿨의 실험은 그런 나를 되돌아보는 시간이기도 했다.

결국 2019년 파지스쿨은 문을 닫았다. 그런데 그 이후 청년들이 하나둘 공동체에 어슬렁대기 시작했다. 그들은 연령에 개의치 않고 문탁넷의 다양한 세미나에 접속했다. 나는 중등고전학교에서 학생과 교사로 만났던 새은과 니체 액팅스쿨에서 함께 세미나를 했다. 그해 축제공연을 위해 연습을 할 때, 새은은 나의 춤선생이 되었다. 춤의 순서도 익히지 못하고 엉

팟캐스트
●REC

거주춤하는 나에게 새은 샘이 응원의 엄지척을 연발했을 때 나는 나도 모르게 배시시 웃는 학생이 되었다. 파지스쿨 학생이었던 우현과는 인문약방 팟캐스트에서 녹음편집 엔지니어와 진행자로 함께 일하기도 했다.

서로에게 배움을 일으키고 함께 일하면서 좋은 삶을 구성해 보자는 파지스쿨의 비전은 파지스쿨이 문을 닫은 후에야 이루어진 셈이다. 배움의 장은 아는 사람이 가르치는 자리에서 모르는 이들에게 전수할 때 만들어졌다. 그 자리에서는 더 많이 아는 사람의 '권력'이 아니라 무지를 깨트리는 '협력'이 펼쳐졌다. 그렇다면 '좋은' 교육은 이미 존재하는 것이 아니라 매 순간 구성되는 것이 아닐까. 학교를 떠나고 나서야 '학교'의 모습이 보였고 교사가 되어 보고 나서야 어떻게 배움이 생성되는지 알게 되었다. 파지스쿨은 그렇게 또 한 번의 졸업을 경험하는 장이었다.

5회

# 원칙에 매인 '경금'의 공동체 밥상 입성기

## 공동체 밥상을 책임지겠어!

2017년 말 워크샵에서 다음 해의 공동체 주방을 운영하는 매니저 활동을 하겠다고 밝혔다. 같이할 파트너를 찾던 어느 날, 공부방에서 당시 공동체 주방을 운영하던 주술밥상* 매니저와 마주했다. 회계 등등의 인수인계 잡무와 내년 운영 계획 등이 오갔는데, 같이할 파트너를 논의하는 과정에서 점점 언성이 높아졌다.

* 문탁넷에서는 운영회원 중심으로 공동체 밥상을 담당했던 시기를 보내고 2016년부터 '주술밥상'이라는 활동단위를 구성하여 공동체 주방을 운영하는 주체가 만들어졌다.

친구: 그럼 혼자서도 할 수 있는 일을 그동안 여섯이나 했다는 거야?!

나: 같이하겠다는 사람이 없잖아! 그럼 혼자서라도 해야지!

우리 둘은 씩씩거리며 제자리로 돌아갔다. 잠시 후 친구가 다시 말을 걸었고 함께 차를 마시면서 서로의 입장에 대해 이야기했다. 친구는 기존의 매니저 여섯 중에 할 수 있는 사람을 좀 더 물색해 보자고 했다. 이미 그들의 의사를 타진해 보았던 나는 다들 부담스러워했다고 전했다. 우리는 그날 나와 함께 공동체 밥상을 맡을 만한 마땅한 사람이 없는 상황, 그것을 어떻게 봐야 할지 적절한 말도 찾지 못하고 착잡한 마음으로 헤어졌다.

2016년, 카페 방식으로 운영했던 마을공유지 파지사유를 자율 카페로 바꾸면서 문탁넷 건물에 있던 공동체 주방을 파지사유 건물로 옮기기로 결정했다. 동시에 공동체 주방을 운영하겠다는 주체가 나섰다. 주방에서 예술을 펼치겠다는 '주술밥상'의 시대가 열린 것이다. 주술밥상은 공동체의 밥상과 단품요리를 만드는 찬방을 함께 운영해 보겠다고 했다. 음식을 잘하는 친구들과 기획력 있는 친구까지 합심해서 예술작품 같은 요리로 대박을 내 보자는 야심찬 밥상의 출현이었다. 그리고 2018년 봄 나는 그 주방을 운영하는 주체가 되겠다고 나섰는데, 그 과정에서 저런 사달이 났다. 하루이틀 본 사이도 아니고 잘 해보자는 마음이라는 데는 이견이 없었다. 그럼에도 그날 우리는 제각각 마음이 좀 상했다. 나는 그 친구와 헤어져 돌아오면서 새삼 주먹을 불끈 쥐었다. '나 혼자서라도 공동체 밥상을 책임지겠어!'

일인가구인 나는 공동체 밥상에서 대부분의 끼니를 해결했다. 그러다 보니 채 소화시키지 못한 텍스트의 어려운 문장을 공동체의 밥상에서 소화시키는 때도 있었다. 예를 들자면, 선물 세미나에서 '선물'이 우리가 흔히 주고받는 선물을 넘어서는 의미가 있다고 했다. 선물이 선물이지 도대체 뭔 소린가 싶었다. 그러다 주방으로 들어오는 선물을 기록해 두는 '선물의 노래' 게시판을 보게 되었다. 쌀은 기본적으로 선물로 해결되었다. 여행을 다녀온 회원들은 산지 특산물을 주방 선물로 들고 왔다. 공동체에서 축하할 일이 있을 때 특식이라도 만들게 되면 그 재료는 대부분 선물로 충당되었다. 집에서 해결하기에 많은 양은 공동체 주방으로 흘러왔다. 그렇게 들어오는 선물들 덕분에 2천 원(2022년 현재는 2,500원)으로 맛있는 한끼를 먹을 수 있었고 주방 회계는 대부분 흑자로 마감할 수 있었다. 한 사람의 선물이 일대일로 교환되지 않고 밥상을 통해 공동체 전체 구성원들 사이로 순환되고, 그 순환으로 공동체의 안녕이 지속되는 것을 느꼈다. 그래서 그 밥상을 지속해야 한다는 책임감도 내가 주방 매니저로 나서는 데 한몫을 했다.

## 공동체 밥상의 곡진함에 대하여

혼자라도 하겠다고 우겼지만 정말 그렇게 될까 걱정이 되기도 할 즈음, 주술밥상에서 매니저로 참여했던 다른 친구가 같이하겠다고 나섰다. 우리 둘 이름에 '은' 자가 있다고 옛날 가수인 은방울 자매로 하라는 농담이 현실이 되어 주방 이름을 '은방울 키친'으로 명명하고 활동을 시작했다. 우선 매일 아침 주방으로 출근하면서 몸이 공간과 익숙해지도록 길을 들였다. 전날 말려 둔 그릇들을 정리하고 흩어져 있는 주방집기들의 자리를 정해 수납했다. 주방등도 LED등으로 바꾸었다. 한층 밝아진 주방에서 밥당번들이 분위기가 바뀌었다고 한마디씩들 하니 어깨가 으쓱해졌다. 밥당번을 하러 온 친구에게 냉장고에 박혀 있던 탄 밥이 드문드문 섞인 찬밥의 처치곤란을 하소연했다. 그 밥이 점심 밥상에 까만 점이 맛있게 박힌 주먹밥으로 재탄생했을 때 정말 기뻤다. 매니저의 고충을 귀담아

들어 준 친구의 마음도 그렇고 공동체 밥상에서 경험할 수 있는 순환의 진면목을 느꼈기 때문이다.

『사기』를 읽을 때 칠십 편의 열전에서 느낀 감흥을 살려 홈피에 매달 '밥상열전'을 썼다. 한 친구가 주방에서 쓰는 무쇠 압력솥이 너무 무겁다고 적당한 새 압력솥을 선물했다. 그 솥으로 당시 『주역』을 공부하던 이문서당 2분기 쫑특식에서 40인분의 밥을 해내었다. 그날 40인분의 비빔밥을 먹은 이문서당 동학들은 어려운 『주역』 공부의 시름을 위로받았다. 공동체에서 공부하는 청년들이 여름에 인문학 캠프를 열었을 때 공동체 밥상에서 다섯 끼를 차려 냈다. 닭볶음, 바지락스파게티, 도토리묵밥, 야채비빔밥, 닭가슴살너겟, 떡볶이 등등이었다. 밥당번으로 나선 친구들의 수고로움을 마다하지 않는 활약으로 가능해진 밥상이었다. 김영민 선생님이 쓴 『동무론』에 공동체를 꾸려 가는 데 필요한 요소로 구성원들의 '곡진한 노동'에 대한 내용이 나온다. 공동체 밥상에서 펼쳐지는 이런 순간이야말로 곡진한 노동이 만든 결과가 아닐까 생각하곤 했다. 그 일들은 밥상열전을 통해 이야기가 되어 '별일 없이' 공동체 밥상이 차려지는 안부로 전해졌다.

하지만 그 안부가 늘 평안할 수는 없었다. 주방으로 들어오는 선물들은 여전히 풍성했지만, 달마다 조직하는 밥당번은 늘 구멍이 생겼다. 나는 점점 회원들의 눈치를 살피게 되었다. 어떤 타이밍에 밥당번표를 내밀 것인가. 어떤 세미나에 가서 단품요리를 생산하자 제안할 것인가. 그러다 보니 친구들이 슬슬 나를 피하고 있다는 기운마저 느껴질 때도 있었다. 월초에 있는 운영회의에서 다음 달의 밥당번 표를 돌리면서 밥당번이 부족하다고 내내 하소연했다. 그러면 늘 있는 일이 아니냐는 심드렁한 반응이 있는가 하면, 밥당번을 신청하지 않는 회원들의 명단을 작성하는 친구도 있었다. 그런 모습을 보다 보면 이게 다 무슨 소용인가 회의감이 들 때도 있었다. 여기가 함께 공부하고 밥도 먹는 공동체라면 '당연히' 공부도 하고 밥도 해야지! 이런 원칙이 제대로 작동하지 않는 공동체를 꾸려 가는 게 무슨 의미가 있나.

## 경금이 고수했던 원리원칙의 시간

2020년 기획세미나였던 '양생프로젝트'에서 사주명리를 공부했다. 사주명리에 의하면 나의 일간은 '경금'(庚金)이다. 경금은 "원리원칙적이고 구조화를 잘 시키고 정의감을 가지고 호전적으로 세상과 맞서려"(안도균, 『운명의 해석, 사주명리』, 북드라망, 2017, 170쪽) 하는 기질을 지닌다고 한다. 공동체에 와서 동양고전을 공부하면서 원리원칙을 좋아하는 나의 기질이 더 기승을 부렸다. 고전의 문장들은 사유로 벼려지기도 전에 원칙으로 읽히기 일쑤였다. 공동체 밥상을 보살피는 자리에서는 차질 없이 끼니마다 밥상이 차려지는 것도 나의 원칙이 되었다. 밥당번 표가 한 곳도 빠짐없이 꽉 채워지는 것도 당연하게 포함되었다. 그 원칙이 지켜지지 않으니 시도 때도 없이 속이 부글부글 끓었다.

『운명의 해석, 사주명리』에 의하면 경금은 원칙을 강하게 내세우다 보니, 그것이 현실화되지 않는 상황에 맞닥뜨리면 더 세차게 내세우려는 경향도 있다고 한다.* 혼자서라도 밥상 매니저를 하겠다고 우기는 나와 딱 겹쳐진다. 공동체의 안녕에 기여하고 싶은 정의감으로 공동체 밥상에 입성해서 현실의 벽에 부딪힐 때마다 원칙을 내세우는 경금의 활약.

고백하자면 내가 제일 힘들었다. 밥상을 못 차리는 사태가 일어날까 봐 전전긍긍하면서 친구들의 눈치를 살피는 일이 피곤했다. 어느 순간부터 밥상의 안녕보다 나의 원칙을 고수하

* "자신의 강한 신념을 흔들 수 있는 장애물들을 제거하며, 소소한 오류가 있어도 소신을 가지고 자신의 의지를 끝까지 밀어붙인다."(안도균, 『운명의 해석, 사주명리』, 171쪽)

는 것이 더 중요해진 것 같기도 했다. 그런 나를 보고 몸에 힘 좀 빼라는 친구의 충고라도 들으면 겉으로 웃으면서, 속으로는 '그럼 니가 해보든지!'라고 응수하기도 여러 번이었다.

2020년 1월, 코로나19 바이러스가 유행하기 시작했다. 사적인 모임을 금지하는 조치가 속속 실행되면서 공동체에서 함께 공부하고 밥을 먹는 일상이 사적인 모임인가를 두고 의견이 분분했다. 그 와중에 코로나 상황은 빠른 속도로 심각해져서 세미나들이 줌으로 대체되고 공동체의 밥상도 문을 닫기로 결정했다. 시쳇말로 "헐~" 소리가 절로 나왔다. 상황이 상황인지라 내색은 못했지만 표정까지 숨기지는 못했다. 무엇보다 내가 세웠던 원칙을 더 이상 고수할 수 없는 상황에 당황했다. 바이러스의 변성이 밥상을 닫게 할 수도 있는 경험은 지난 10년 동안 한 번도 없었기 때문이다. 막상 밥상 문을 닫아 보니 나의 원칙이 얼마나 무력한 것인지 알게 되었다. 동시에 그 원칙 때문에 내내 밥상이 차려졌다고 여겼던 내가 보였다. 사람과 선물이 순환하면서 지속되는 공동체의 안녕은 한 사람이 책임질 수 있는 것이 아니었다. 온 우주의 기운이 때를 맞춰 준 결과였을 뿐이다. 그것을 모르고 날뛰다가 제풀에 지쳐 나가떨어진 나의 꼴이 참 한심했다.

## 앎은 사후 약방문이다

공동체 밥상이 차려지지 않는 내내 옛일이 새록새록 떠올랐다. 공동체 밥상에서 먹는 밥은 언제나 맛있었다. 대부분의 회원들이 집안에서도 살림을 하던 터라 자신만의 레시피가 두둑한 이들이 꽤 있었다. 다 아는 맛도 그들이 만들면 풍미가 깊었고, 새로운 맛은 오감을 자극하는 즐거움이 있었다. 밥당번은 두 사람이 함께했는데, 세미나를 함께하는 동학일 수도 있고 주방에서 처음 인사를 나누는 경우도 있었다. 그 시간은 함께 세미나를 하면서 느낀 희로애락을 공유하는 뒷담화로 양념을 하는 시간, 이 공부 공동체에 대해 서로서로 알게 된 정보를 나누면서 밥을 익히는 시간이 되기도 했다. 이렇게 밥당번을 몇 번쯤 거치면서 주방의 집기가 눈에 익고 익숙하게 앞치마를 두르다 보면 공동체라는 말이 저절로 입에 붙었다. 나 역시 이런 통과의례를 거치면서 점점 세미나를 하러 오는 일이 자연스러워졌었다.

나는 은방울 키친의 매니저로 활동하는 동안 세 명의 매니저와 함께 일했다. 첫번 짝은 주술밥상에서도 활동했던 친구로 공동체 밥상을 운영하는 데 필요한 여러 조목들을 전수해 주었다. 당시 그 친구의 여러 사정이 여의치 않았음에도 나

선물의 노래
10월 밥당번

혼자 밥상을 꾸려 가게 할 수 없다는 생각에 마음을 내 줘서 참 고마웠다. 결국 그 친구는 취직을 하게 되면서 매니저 일을 그만두게 되었다. 그다음은 세미나를 같이해 본 적은 없는 친구와 함께 일했다. 그러다 보니 밥상 운영 회의보다 서로를 탐색하는 대화시간이 더 길어지곤 했다. 그래도 음식을 잘하는 그 친구 덕분에 식재료 장보기 등이 훨씬 수월해졌었다. 하지만 그 친구도 오래 함께하지는 못했다. 다른 활동에 참여하게 되었기 때문이다. 마지막으로 함께한 짝은 어린이서당 교사를 할 때 학부모로 처음 인연을 맺은 친구였다. 텃밭 가꾸기에 일가견이 있던 친구라 텃밭활동을 함께한 적도 있었다. 우리 둘은 죽이 척척 맞아서(그 친구가 나에게 맞춰 줬을 수도 ㅋ) 텃밭에서 바지런히 키운 열무로 김치를 담가서 밥상에 내는 뿌듯함도 누렸다. 요리 솜씨까지 특출나서 공동체에 소문난 밥상의 주인공이었다.

나와 달리 그녀들은 집에서는 가족들을 건사했고 공동체에 나와서는 공동체의 밥상까지 챙겼다. 그래서 더 고단하지 않을까 싶은 생각이 들기도 했다. 그러나 때로는 밥상을 받은 친구들이 좋아하는 모습을 보며 '알아주는' 이들이 있어서 노고의 기쁨도 느끼는, 그래서 계속할 수 있는 동력이 생기는 일이기도 했다.

코로나 19 바이러스의 기세가 완전히 잦아들지 않는 한 예전처럼 파지사유가 꽉 차도록 사람들이 모여 밥을 먹는 풍경이 다시 펼쳐질 날은 기약이 없다. 그 사이 공동체도 더 작은 규모로 나뉘었다. 공동체 밥상인 은방울 키친도 문을 닫았고 나의 공동체 밥상 매니저 활동도 종료되었다. 그리고 파지사유에 '공식당'을 열었다. 파지사유에서 활동하는 상근자들이 돌아가면서 밥을 하고 소수의 인원들이 뚝뚝 떨어져 앉아서 점심 한 끼를 해결한다. 그동안 공동체 밥상에서 익은 버릇 때문에 묵묵히 밥만 먹지는 않지만, 예전처럼 공동체의 온갖 안부가 뒤섞이는 동네 우물가 같은 수다의 공간은 사라졌다. 그제야 우리가 지나온 시간들이 실감되었다. 날마다 행사를 기획하고 해마다 인문학 축제를 하면서 거리낌 없이 함께 모여서 웃고 떠들었던 시간, 사람이 뒤섞이고 온갖 음식이 흘러 다녔던 분위기, 그때가 참 좋은 삶의 순간이었다는 것을. 앎은 지나고 나서야 온다고 했던가. 사후 약방문 격이다. 어느 날이었다. 40인분도 거뜬히 해내는 떠들썩한 점심과 달리 공부방에서 공부하는 운영회원 대여섯이 저녁을 먹은 날이었다. 주술밥상 매니저 일을 인계하면서 나와 언성까지 높였던 친구가 밥당번을 했다. 다들 언제 이렇게 솜씨가 좋아졌냐며 신기해했다.

친구: 나의 음식 솜씨는 주술밥상 이전과 이후로 나뉜다. 이제 집 식구들도 인정해. 공동체 밥상이야말로 노력 대비 만족도 높은 가성비 짱인 곳이야~.

맞다. 밥상의 안녕 때문에 제풀에 지쳤다가도 그 한 끼를 먹고 나면 마음도 한껏 느긋해져서 다시 의지를 불태우게 하는, 무쇠 같다는 경금이 연마되기에 이만한 가성비를 낼 수 있는 곳이 또 어디 있을까. 나에게 공동체 밥상은 그런 곳이었다.

6회

# 굶지
# 않겠어!

## 날씬함이 정상이라고?

신문에서 '오늘 밤은 굶고 자야지'라는 칼럼의 제목을 처음 읽었을 때, 그 제목 참 절묘하다 싶었다. 뚱뚱한 몸의 삶을 정말 리얼하게 대변하는 문장이라고 생각했기 때문이다. 나 역시 뚱뚱한 몸으로 습관처럼 저렇게 다짐하고 매번 어기고 마는 익숙함도 있었다. 그러면서도 '굶지 않는' 다이어트라는 제목을 보면 일단 클릭해 본다. 굶고 자야 한다는 다짐과 굶고 싶지 않은 욕망이 충돌하는 일상이 떠오르는 문장이었다.

딸은 둘만 되어도 천대받는다고 생각했다는 어머니는 아들 셋과 딸 하나를 낳고 만족하셨다고 한다. 단 하나뿐인 딸을

곱게 키울 자신이 있었는데 점점 뚱뚱해지는 걸 보면 절로 한숨이 나왔다고 한다. 사복을 입고 고등학교를 간다는데 옷집에서 맞는 사이즈가 없는 곤란이 계속되자, 예쁘고 자시고 일단 큰 사이즈가 눈에 띄면 사게 되었다. 그래서 식욕이 왕성한 나를 보면 그만 먹으라는 잔소리를 일삼아 하셨고, 나는 그런 어머니의 눈초리를 피해 급하게 많이 먹어치우는 데 익숙해져 갔다. 그렇게 먹는데도 나의 위장은 거뜬하게 소화해 주었고 그만큼 정직하게 뚱뚱해졌다.

내가 청소년기를 보낼 당시만 해도 '비만'이 그리 흔치 않던 시대였다. 그래서 대놓고 놀림을 받은 적은 별로 없었지만, 뚱뚱한 외모는 비호감이라는 눈치는 챌 수 있었다. 나는 공부를 열심히 해서 '똑똑한' 걸로 인정받기로 했다. 하지만 공부는 내 바람대로 잘 되지 않았고 식욕도 마찬가지였다. 그 사이 비만이 만병의 근원이라는 '상식'이 통용되고 뚱뚱한 몸은 정상이 아닌 시대가 되었다. 날씬한 몸이 정상이라고? 나에게 공부를 잘해서 똑똑해지는 재능이 없다는 것을 깨닫고 나니 비정상이라는 몸만 남았다. 다이어트를 해서라도 이 살들을 빼고 싶었다.

## 단식으로 경험한 변화들

첫 다이어트로 매일 강냉이와 물만 먹으며 격렬한 에어로빅을 했다. 그렇게 며칠이 지났는데 눈을 떠 보니, 집 욕실 바닥에 쓰러져 있어서 이러다 죽는 건가 덜컥 겁이 났다. 당장 저녁밥부터 챙겨 먹었다. '저렇게 많이 먹으니 당연히 뚱뚱하지'라는 시선을 의식하느라 남들 앞에서는 제대로 먹지 못하다 보니, 혼자 있으면 억눌렀던 식욕이 폭발했다. 어느 해 신문에서 『페미니스트 저널 이프』가 안티미스코리아 대회 출전자를 모집한다는 기사를 보았다. 여성들에게 날씬한 몸매와 치수 제한을 강요하는 세상에 맞서 77 사이즈 이상의 옷을 입는 여성들을 환영한다는 내용이었다. 그 기사를 스크랩해 놓고 도전해 볼까 망설였다. 하지만 아무래도 나의 뚱뚱한 몸을 드러낼 자신이 없었다. 케이블 채널에서 뚱뚱한 여성들을 모집해서 '기적'에 가깝게 날씬한 몸을 만들어 주는 프로그램을 볼 때도 마찬가지였다. 나는 한편으로는 뚱뚱한 몸매가 문제시되는 이런 상황이 좀 불편했고, 또 한편으로는 무절제한 나를 계속 자책하는 모순에 휩싸여 애꿎은 식욕만 탓하는 시간을 보내고 있었다.

공동체에서 공부를 시작하면서 읽게 된 텍스트에는 이런

나의 문제를 지적하는 내용들이 수두룩했다. 가령 남송 유학자인 주희는 "배가 고파서 먹는 것은 천리(天理)이고, 맛이 있어서 먹는 것은 사욕(私欲)"이라고 했다. 마치 주희가 식욕을 주체하지 못하고 있는 나를 향해 내리치는 죽비처럼 읽혔다. 또 '군자는 배부름을 구하지 않는다'(君子 食無求飽)는 문장을 암송할 때면, 배부르지 않으면 수저를 놓지 않는 나는 여전히 소인임을 알 수 있었다. 더 이상 이런 나를 견딜 수 없겠다 싶을 무렵, 자기 몸의 변화에 고민이 많은 친구들과 함께 단식을 해 보기로 했다. 사과와 청국장, 감잎차로 세 끼를 해결하는 해독 단식과 보식까지 한 달 정도 걸리는 단식프로그램이었다. 우리는 매일 점심에 모여서 단식을 하면서 느끼는 몸의 변화를 공유했다. 무엇보다 먹는 것이 거의 없는데도 배가 고프지 않은 게 신기했다. 그러자 맛있다는 감각을 좇아 시도 때도 없이 먹었던 습관이 보였다.

한 달의 프로그램이 끝난 후 연이어 백일 동안 금주를 하고 밀가루 음식까지 끊었다. 점점 턱선이 살아났다. 예전에는 좌식책상에서 뱃살은 눌리고 다리는 저려서 세미나를 하는 시간 내내 몸을 뒤척였었다. 손발 저림도 점점 심해졌고 뒷골까지 욱신거려서 난생처음 두통약까지 복용했었다. 단식 후 백일이 지났을 즈음엔 이런 증상들이 다 사라졌다. 이문서당 수업 중에 우웅순 샘께서 나의 몸놀림이 날렵해졌다고 놀라워하셨다. 입꼬리가 저절로 올라가는 것을 감출 수가 없었다. 중고품 가게에서 몸에 맞는 옷을 골라 입고 친구들 앞에 서면 예쁘다고 했다. 거울에 비친 그 차림이 내 눈에도 마음에 들었다. 단식에서 유지했던 식이요법을 일 년쯤 지속했을 때, 30킬로그램의 살이 빠졌다. 어머니는 당신 생전에 살 안 뺄 거다 포기했었다며 변한 나를 보고 감격하셨다. 주변의 이런 반응으로 뚱뚱한 몸 때문에 바닥을 쳤던 자존감도 조금씩 회복되었다. 그러자 몸을 둘러싼 억압의 시선에서도 조금은 여유가 생겼다. 이제 다시는 단식 이전으로 돌아가고 싶지 않았다.

### 살만 빠지면 뭐하나

단식 이후에도 밀가루가 들어간 음식은 아예 안 먹었다. 그러다 보니 탄수화물에서 섭취했던 당분이 줄어든 탓인지 초콜릿, 아이스크림 같은 단 음식이 계속 당겼다. 친구들은 밀가루는 끊었다면서 초콜릿만 보면 반색을 하는 나를 대놓고 놀렸다. 그러거나 말거나 나는 초콜릿으로 가는 손을 멈추고 싶지 않았다. 그런 한편 단식을 하느라 현저하게 줄였던 음식의

양도 차츰차츰 늘어났다. 시도 때도 없이 먹어 대는 습관으로 되돌아갔고 당연히 몸무게가 늘어나자 다시 단식을 해야겠다는 생각이 들었다. 처음에는 몸의 건강을 개선하는 만족감이 컸던 단식은 점점 살을 빼는 데 만족하는 쪽으로 치우쳤다. 그렇게 해마다 한 번씩 단식으로 몸무게를 줄였다가 다시 늘어나는 일이 반복되었다.

단식을 할 때도 배가 고픈 적은 별로 없었다. 하지만 먹는 일상이 사라진 허전함 때문인지 자꾸만 음식이 떠올랐다. 그러면 온갖 미디어를 통해 흘러나오는 먹방에 눈이 갔다. '맛있는 녀석들'의 김준현이 쉬지 않고 음식을 '순삭'하는 것을 보면 나도 모르게 입맛이 다셔졌다. 몸은 먹지 않으면서 인식은 먹고 있었다. 단식을 하면서 단식을 하고 있지 않는 분열이 일어났다. 몸과 인식이 분열되는 모순에서는 변화를 감당하는 힘을 축적할 수 없었다. 그러니 몸이 예전의 식욕으로 돌아가려고 하는 것은 당연한 수순이었다. 단식으로 건강해지는 몸과 식욕이 조절되는 인식이 동시에 작동하려면 좀 더 구체적인 노력이 필요했다.

단식 이후 아침에 한 시간씩 걸어서 공동체로 출근하면서 꾸준히 걷는 습관을 들였다. 최근 여섯번째 단식을 하면서도 걸었다. 단식 3일 차엔가 30분이 넘어가자 다리가 휘청거리기 시작했다. 이전에는 단식 중에도 걷는 데는 별다른 지장을 느낀 적이 없었다. 체력은 점점 예전 같지 않은데 단기간에 살을 빼겠다는 욕망으로 그 체력을 더 떨어뜨린 것이다. 살만 빼면 뭐하나. 나는 여전히 날씬한 몸이 정상이라고 강요하는 세계관을 내면화하고 있었던 셈이다. 그래서 몸무게가 몇 킬로그램만 늘어나도 전전긍긍 불안해졌다. 건강을 위한 단식이라고 내 자신까지 속이면서 살 빼기에 집착했던 것이다. 정신이 번쩍 들었다.

## 나의 몸과 화해하는 힘이 필요해

이러한 자각으로 요즘 내가 어떻게 먹고 있는지 살펴보게 되었다. 코로나19 바이러스 사태가 장기화되면서 공동체 밥상을 차리는 일도 중지되었다. 집에서 혼자 먹는 밥상이 점점 늘어났다. 허기가 진다 싶으면 가장 짧은 시간에 완성되는 음식을 찾았다. 데우기만 하면 되는 음식이나 과일, 혹은 밖에서 포장해 온 음식을 차려 놓고 넷플릭스 등을 보면서 정신없이 먹어치웠다. 얼마나 빨리 얼마나 많이 먹었던지 위가 더부룩해지기까지 했다. 그러면 매실 효소까지 한 잔 타 먹으면서 소화를 시켰다. 건강 회복은커녕 있는 건강도 못 챙기게 생겼다. 이럴 수는 없다!

일단 천천히 먹는 훈련부터 다시 시작했다. 혼자서 밥을 먹을 때는 스톱워치를 켜 놓고 먹는 시간을 기록했다. 아무 소리도 없는 게 어색하면 팟캐스트를 들으면서 먹었다. 친구들과 함께 먹을 때는 의식적으로 씹는 횟수를 헤아리며 천천히 먹는 데 집중했다. 또 조리해야 먹을 수 있는 식재료를 사려고 애썼다. 며칠 전에는 샐러리를 사다가 유튜브를 보고 따라서 볶음을 해보았다. 날 것으로 먹을 때와는 다르게 올리브기름이 밴 쌉쌀한 맛이 제법 훌륭했다. 공동체 밥상을 차리면서 음식을 만드는 재미가 제법 쏠쏠했었다는 기억이 다시 환기되었다. 그 재미가 혼자서도 맛있게 먹을 수 있는 활기로 이어졌다. 그렇게 맛있게 천천히 먹는 또 하루의 식욕 훈련을 마쳤다.

왕성한 식욕은 타고난 위장이 큰 탓이라고 애꿎게 몸을 탓하기도 하고, 뚱뚱한 것이 무슨 죄냐고 어깃장을 놓으며 내 몸과 오랫동안 불화했다. 내 몸과 화해하고 싶었지만 그 방법을 몰라서 좌충우돌했다. 공동체에 살면서 내 일상을 돌아보고 친구들과 함께했던 단식 등으로 내 몸을 인정할 수 있는 순간도 있었다. 그 순간을 지속하고 싶어서 '오늘 밤은 굶어야지' 다짐도 많이 했다. 하지만 식욕은 굶어서 다스려지지 않았다.

그보다는 먹는 행위에 집중하면서 그 식욕을 내 몸에서 떼어 놓지 않는 훈련이 필요했다. 그래야 욕망에 충실하면서도 생긴 그대로의 나의 몸을 인정하는 진정한 화해가 이루어질 것이다. 나의 몸과 화해할 수 있는 힘이 필요한 지금은 잘 먹을 수 있는 몸을 만드는 훈련에 집중해야 할 때이다. 굶지 말고!

7회

# 포세이돈 신전에서 『맹자』를 낭송하다

## 원문에 꽂히다

문탁넷의 초창기 홈피에는 공동체를 소개하는 문구로 용맹정진(勇猛精進), 지행합일(知行合一), 사상마련(事上磨錬) 등의 성어들이 즐비했다. 무슨 뜻인지도 잘 모르면서 그 성어들이 너무 마음에 들었다. 하면 된다고 외치는 '무대뽀의 정신'이 저절로 느껴졌다. 앎과 행함의 일치라는 비전은 강렬했고, 내가 그동안 사상을 마련하지 못해서 사는 게 고달팠다고 납득되었다. 나중에 저 성어들이 불교용어와 중국 명나라 사상가 왕양명의 사유라는 것을 알았고, 그 뜻도 나의 독해와는 아무런 상관이 없음을 알고 혼자서 멋쩍어 했었다.

공동체에 와서 내가 처음 접한 고전은 『논어』였다. 읽자마자 꽂힌 성어는 '발분망식'(發憤忘食)이었다. 어떤 일에 분발하고자 하는 마음을 내면 먹는 것도 잊어버린다는 뜻이다. 냉장고에 뭐가 있는지 까먹어 본 적도 없는 나로서는 경이로운 말이었다. 그 놀라움 때문에 몇 번이나 써 본 흔적이 아직도 남아 있다.

점점 『논어』 읽기는 나의 행동을 가늠하는 준칙으로 작동하기 시작했다. 공자님 말씀에 의하면 군자는 배부름을 구하지 않으며 편안함에 머무르지 않고, 부모님 앞에서는 얼굴빛을 부드럽게 하며 형제와는 우애가 있는 사람이다. 시골에 홀로 사시는 어머니는 내가 인정머리 없는 딸이라고 공공연하게 불만을 드러냈고, 명절에 형제들과 만나면 서로 언성을 높이기 일쑤였다. 그러니 문장들이 나의 양심을 콕콕 찔렀고, 다른 일상에서도 그 준칙들로 인한 불편함이 갈등 상황을 만들기도 했다.

## 『사기열전』 낭송집을 발간하다

이문서당에서 『사기열전』을 읽게 되었을 때는 내심 기대를 했다. '열전에서 만나는 그 많은 인물들의 삶이 공자님의 말씀처럼 불편하겠어?' 확실히 그렇지는 않았다. 자신을 알아주었던 주군을 위해 목숨을 아끼지 않는 자객의 숭고미나 찌질과 위엄을 넘나드는 유방의 인간미는 기대 이상이었다. 하지만 그것으로 끝이었다. 당시 열전의 인물들로 글쓰기를 했는데 쓸 문장이 없었다. 멋있기는 한데 왜 멋있는지 쓸 수 있는 단어가 너무 빈약해서 고전을 면치 못하고 있었다. 그러다 동양고전으로 낭송시리즈를 발간하는 팀에 『사기열전』을 풀어 읽는 저자로 합류하게 되었다.

칠십 편의 열전 중에서 낭송하기에 좋은 내용을 고르는 일부터 만만치 않았다. 인물들의 드라마틱한 사건을 잘 전달하면서도 말로 하는 맛을 살리는 문장으로 다듬느라 아는 단어를 총동원했다. 원문에 입각해서 단어를 고르다 보니 새롭게 써야 하는 글쓰기보다는 좀 수월했지만, 워낙 방대한 스토리들을 축약하다 보니 맥락을 놓치기 일쑤였다. 실제로 낭송집이 발간되고 내용이 잘 안 읽힌다는 피드백을 들었을 때 많이 부끄러웠다.

낭송집이 시리즈로 속속 출간되면서 낭송과 관련한 다양한 프로그램이 기획되었다. 낭송 페스티벌도 그중 하나였다. 내가 하던 세미나팀에서는 『낭송 장자』의 문장을 암송하기로 했다. 일단 문장 외우기부터 시작했는데 좀처럼 진도가 나가지 않았다. 문장을 급하게 읽어 치우는 습(習)이 또 발동을 했기 때문이다. 속도를 늦추고 꼭꼭 씹어 가며 외우는 시간을 늘렸다. 그렇게 어찌어찌 다 외웠는데 정작 낭송을 하는 무대에 나서니 머릿속이 하얘졌다. 아무 말도 생각이 안 났다. 친구들이 자연스럽게 낭송하던 흐름이 내 차례에 이르러 뚝 끊기고 말았다. 참가하는 데 의의를 둔다고는 했지만, 내가 그마저도 다 망친 것 같아 친구들에게 면목이 없었다.

## 미친 암송단을 만들다

낭송 시리즈를 펴내는 데 참여하기 전에도 공동체에서 낭송을 하기는 했다. 어린이서당에서 『논어』 원문을 암송하는 공부법을 실행하고 있었기 때문이다. 수업 시간에 아이들은 그날 배운 원문을 암송하는 미션을 수행했고, 연말 인문학축제에서 원문 낭송 공연으로 많은 박수를 받았다. 아이들은 무슨 뜻인지도 모르는데 어떻게 외우느냐는 거부감이 없었다. 원문 한자의 음을 배운 다음, 음대로 소리 내어 반복해 읽다 보면 어느 순간 입에 붙으면서 저절로 외워졌다. 조를 짜서 외워 보라는 미션에서 원문에 리듬까지 붙여 가며 읽는 아이들을 보면 마치 놀이 같기도 했다. 그렇게 공간에 『논어』 원문 읽는 소리가 가득 차면 그 소리를 듣고 있는 나의 몸에도 그 리듬이 전해졌다. 동시에 새삼 원문의 뜻을 곱씹게 되곤 했다.

결국 아이들에게만 암송을 시킬 게 아니라 내가 직접 암송을 해봐야겠다고 발심을 하게 되었다. 함께 암송할 친구들도 모았다. 매일 일정 분량의 원문을 암송하고 녹음한 파일을 카톡으로 공유하는 방식이었고 '미친(美親) 암송단'이라고 이름도 정했다. 매일 암송하는 일이 쉬운 일은 아니겠지만 그렇게라도 해서 원문과 좀 더 친숙해지자는 의미였다. 나는 주로 저녁에 잠자기 전에 암송을 했는데, 예상치 못한 저녁 약속이라도 잡히면 암송 시간을 확보할 수가 없었다. 언젠가 하루는 약속 장소로 가는 지하철 안에서 외우고 도착해서 역 화장실에서 녹음을 한 적도 있다. 다른 친구들도 각자의 형편에 따라 암송을 하고 녹음파일을 올렸다.

『논어』를 암송하던 때에는 문장을 암송하면서 자신에게 꽂힌 내용을 글로 써 와서 서로 피드백을 했다. 분명 같은 문장을 읽었음에도 새겨지는 내용은 다 달랐다. 그래서 '원문은 그런 뜻이 아닌 것 같다, 지금 어떻게 읽히는가에 집중했다'는 등의 의견으로 나뉘기도 했다. 결국 접점을 찾지 못하고 분위기가 썰렁해진 채 피드백을 끝내는 때도 있었다. 그렇게 쓴 글은 공동체 홈페이지에 '왈가왈부 『논어』'로 연재되었다. 다른 친구들은 어떻게 생각하는지 왈가왈부하는 댓글을 기대했지만, 댓글은 고사하고 조회 수까지 나날이 줄어들자 우리는 많이 의기소침해졌었다. 그래도 끝까지 『논어』 전문을 암송한 후, 우리는 한 권 전체를 낭송하는 시간을 가졌다. 오전에 만나서 스무 편의 원문을 다 읽고 나니 저녁을 먹어야 할 때가 되었다. 목은 아프고 배도 고팠지만, 끝까지 해냈다는 성취감에 온몸이 뻐근해 오던 기분 좋은 감각이 오래 기억에 남았다.

## 암송, 몸에 새기는 공부

암송하려면 일단 반복해서 읽어야 한다. 그러자면 매일 매일 하는 암송도 거를 수 없다. '미친 암송단'에서 『맹자』를 암송하던 해에 친구들과 열흘이 넘는 일정으로 그리스 여행을 가게 되었다. 처음 가는 유럽 여행이라 들뜨기도 했지만 낯설어 긴장도 되었다. 그래서 매일 아침 긴장도 풀 겸 묵었던 숙소 근처를 산책했다. 그리고 원문 암송도 거르지 않았다. 여행 일정을 마치고 저녁에 숙소에 들어오면 짬을 내어 『맹자』 원문을 암송하는 나를 보고 친구들이 징하다고 놀렸다. 그리스 여행의 마지막 일정으로 수니온곶 포세이돈 신전에 올랐다. 탁 트인 바다가 한 눈에 들어오는 곳에 신전이 자리 잡고 있었다. 수니온곶 석양이 장관이라는 정보를 접한 우리는 해가 질 때까지 신전 주변에서 기다리기로 했다. 나는 암송하기 딱 좋은 타이밍이라며 가방에서 원문을 꺼내 암송을 시작했다. 포세이돈 신전 기둥 사이로 불어 가는 바람에 내가 원문을 읽는 소리도 실려 가지 않았을까. 그때 여행을 같이 간 친구는 지금도 이렇게 말한다. 그때 그리스 신전 앞에 앉아 『맹자』를 암송하던 나의 모습이 참 비현실적으로 느껴졌다고.

암송을 하려면 소리를 내서 반복해서 읽어야 한다. 눈으로만 읽어서는 외워지지 않는다. 반복해서 소리를 내면서 읽다 보면 생각에도 공명이 일어난다. 그러면 이미 알고 있다고 생각했던 것들이 재고되는 질문이 생기고 관점이 이동하기도 한다. 내가 읽는 소리가 귀를 통해 뇌에 전달되어 나의 앎을 재구성하는 생생한 감각, 그 생생함이 나를 기쁘게 했다. 그런 기쁨을 경험하고 나면 반복해서 읽고 외우는 일이 공부의 과정임을 받아들이게 된다. 동시에 반복은 몸 어디엔가 새겨진다. 그러다 어느 날 어느 때 그 문장들이 술술 흘러나와 곤란에 처한 상황을 전환시키기도 했다.

孟子曰
仁人心也 義人路也
舍其路而不由
放其心而不知求
哀哉
人有鷄犬放則知求之
有放心而不知求
學問之道 無他
求其放心而已矣

맹자께서 말씀하셨다.
"인은 사람이 지녀야 할 마음이고,
의는 사람이 가야 할 길이다.
그 길을 내버리고 따르지 않으며,
그 마음을 잃어버리고 찾을 줄 모르니,
슬프다.
사람들은 닭이나 개를 잃어버리면
찾을 줄 알면서도
마음을 잃고서는 찾을 줄 모른다.
학문의 길이란 다른 것이 아니다.
그 잃어버린 마음을 찾는 것이다."

2020년 여름 인문약방에서 기획한 '걷기 캠프'의 루트를 사전 답사하기 위해서 강원도 영월의 운탄고도를 걸었다. 길은 평탄한 편이었지만 시간이 흐를수록 몸에 신호가 왔다. 발가락에 물집이 잡히는 친구가 있는가 하면, 무릎에 점점 통증이 느껴진다는 친구도 있었다. 그때 한 친구가 날더러 『논어』 원문이라도 낭송해 보라고 부추겼다. 친구들이 너무 힘들어하는 상황이라 뭐라도 해주고 싶은 심정이기도 했다. 『논어』 첫 편인 「학이편」을 낭송했다. 우선 원문을 낭송해 주고 연이어 차근차근 뜻을 설명해 주었다. 친구들은 나의 낭송을 들으며 무슨 말인지 모르겠는 것에 대해서 이것저것 물었다. 그러더니 어느 순간 발가락의 쓰라린 감각이 안 느껴진다고 신기해했다. 읽고 또 읽어 입에 붙고 몸에 새겨진 문장으로, 예고 없이 닥친 곤란을 감당할 수도 있었던 짜릿한 경험이었다. 이처럼 삶의 어떤 순간에 빛을 발해 우리가 가는 길을 밝혀 주는 공부, 암송은 그 빛을 몸에 새기는 공부다.

8회

# 사주명리로 풀어 본 나의 습관들

약국을 개국한 지 두 달쯤 지난 어느 날, 일리치약국 회의 중에 나는 요즘 일도 재미없고 뭘 해야 할지 모르겠다고 했다. 새롭게 약국 공간도 열었는데 어떻게 재미없을 수 있느냐고 반문하는 친구가 있는가 하면, 뭐가 문제인지 꼬치꼬치 캐묻는 친구도 있었다. 친구들의 그런 반응들이 모두 내가 잘못했다는 지적으로 들렸다. "재미없을 수도 있지 않냐" 어깃장을 놓고는 입을 다물었다. 그후 전화를 해서 마음을 터놓고 이야기를 해보자는 친구도 있었고, 서로의 마음을 보살피지도 못하면서 어떻게 같이 일할 수 있을지 걱정하는 친구도 있었다. 나 스스로도 이 감정을 어떻게 표현해야 할지 가닥을 못 잡아 피곤하다는 말이 절로 나왔다.

그러는 사이 친구들은 재성이 없어서 그렇다느니, 경금 일간의 특성이라느니 하면서 내 사주로 지금의 상황을 해석했다. 식상이 많아서 먹고살 걱정 없다고 해서 좋았는데, 이런 부정적인 풀이는 귀에 거슬렸다. 어느 날은 내가 너희 도마에 놓인 생선이냐며 버럭했다. 그렇다고 흘려들을 수도 없었다. 지금 내가 휘둘리고 있는 상황이 내 사주 때문이라고? 도대체 내 사주가 어쨌다는 거야! 이전 양생프로젝트에서 사주로 누드 글쓰기를 하면서 읽었던 책들을 다시 꺼냈다. 그리고 이 국면을 대입하면서 또 한 번 내 사주를 꼼꼼히 풀어 보았다.

## 표현력 만렙, 그러나

나의 일간은 오행(五行: 목木·화火·토土·금金·수水) 중 금으로 양(陽)의 기운인 경금(庚金)이다. 사주팔자를 구성하는 여덟 개의 기호 전체로 보면 발산하는 양(陽)의 기운인 목화(木火)보다 수렴하는 음(陰)기운인 금수(金水)가 우세하다. 나를 둘러싸고 있는 사회적 관계를 나타내는 육친(六親)은 비겁-식상-재성-관성-인성의 과정을 밟으면서 순환한다. 비겁은 나를 지키고 친구를 만드는 힘이며, 식상의 힘으로 활동을 시작하며,

재성은 재물을 일구고, 관성은 관계를 맺는 데 쓰고, 인성은 수용하고 성찰하는 힘이라고 한다. 육친의 관계로 보면 나의 사주에 식상인 수(水)는 세 개이고 재성인 목(木)은 하나도 없다.

나는 공동체에 접속하자마자 공부방과 주방은 물론 갖은 세미나에도 출몰했다. 이전에도 관심은 있었으나 제대로 표현하지 못했던 것들을 세미나라는 현장에서 마음껏 드러냈다. 자기를 표현하기를 즐기는 식상의 활동력은 말하기를 좋아하고 말도 잘하는 편이라고 한다. 돌이켜보면 주변에서 말 잘한다는 소리를 곧잘 들었었다. 세미나에서도 하고 싶은 말부터 떠올라서 상대의 말에 집중하기 어려웠다. 그러다 상대의 말이 끝나기도 전에 내 말부터 하다 보니 맥락은 끊기고 논리가 비약하기도 했다. 무슨 말인지 좀 더 정확히 해달라는 피드백을 받으면 표현력이 급격히 위축되었다. 식상과다 기질이 상대의 말을 들으면서 생각을 다듬는 과정을 견디지 못하고 넘치기 일쑤였다.

공동체에서는 대부분 회의를 통해 여러 사항을 결정한다. 말과 관련하여 횡설수설하는 곤란이 반복되자 점점 앞에 나서서 말하기를 꺼리게 되었다. 그보다는 둘이나 셋 정도와 대화가 더 잘 되었다. 그럴 때는 하고 싶은 말을 허심탄회하게 하게 되고 마음도 편했다. 실제로 식상의 활동력은 수다에서는 마음껏 자신을 드러내지만, 책임지는 관계는 피하고 싶어 하는 경향이 있다고 한다. 표현력은 만렙인데 적절하게 쓰지 못해서 치우치고 마는 형국이다.

### 마무리력 제로

재성은 식상에서 시작한 활동이 결과를 맺는 자리로 흔히 재물을 얻고 결과를 내는 힘이라고 한다. 내 사주에는 재성이 없다. 그래서 재물도 없고 마무리도 못한다고 했다. 재물이 없다는 해석은 돈 버는 일에 관심이 없다는 말로 이해했다. 하지만 마무리를 못한다는 해석은 납득이 되지 않았다. 그동안 공동체에서 기획했던 세미나를 하면서 최종 에세이를 마무리하지 못한 적이 없었다. 매일 고전 원문을 암송했던 프로젝트 등등도 펑크 한 번 없이 끝내기도 했다. 시작한 일을 매듭 짓지 않고 흐지부지하게 포기한 기억이 거의 없었다.

좀처럼 납득을 못하자 친구는 내가 아쉬운 소리를 할 줄 모른다고 했다. 세미나를 기획하고 준비하고 공지까지 올리고 나면 그걸로 끝, 홍보라든가 실제로 이 프로그램에 관심 있는 사람을 물색하고 접촉하는 데는 무관심하단다. 부정할 수 없는 지적이었다. 하지만 좀 억울하기도 했다. 열심히 준비했으면 됐지 그다음은 내 소관을 벗어난 것 아닌가. 이렇게 중얼거리다 아차 싶었다. 혹시 식상의 활동력으로 시작만 하면 끝이라고 생각했던 건 아닐까. 사람들이 모이고 프로그램이 열려서 실제 경험이 쌓이는 과정을 통과해서 어떤 결과에 이르러야 끝나는 것이었다. 나는 그 마무리에 대한 감각을 습득하지 못하고 있었다. 결국 재성이 없는 나의 사주가 어떤 습으로 드러나는지 깨닫게 하는 말이었다.

언제인가 일리치약국 활동에 관심을 보이는 분들과 만날 기회가 있어 부산까지 출장을 간 적이 있었다. 친구들이 그 분들과 한창 경험을 주고받는 가운데 나는 멀뚱히 딴 데를 쳐다보고 있었다. 친구는 평소의 내 모습과 너무 달라서 이상했다고 두고두고 말했다. 이런 성향은 약국 안에서 접하게 된 낯선 일에서도 드러났다. 그래서 생긴 불편한 마음 때문에 오가는 말 한마디에도 민감해지곤 했다. 그러다 보니 새로운 일을 경험하는 흥미진진한 긴장보다는 예민한 신경전에 지치는 재미없는 일상이 되었다. 식상-재성이 관성으로 자연스럽게 순환되지 않다 보니 사회적 관계를 맺는 데에도 제대로 힘을 쓰지 못했기 때문이다.

비겁
식상
재성
관성
인성
new
OO세미나
같이 할래?
new 세미나
모집중

## 기존의 나를 바꾸는 습관

요즘 나는 친구들이 새로운 세미나를 열고 처음 접속한 분들과 어떻게 관계를 맺어 가는지 보는 중이다. 한 친구가 새로 온 분들에게서 발제가 뭔지 후기를 왜 쓰는지 모르겠다는 고충을 들었다고 했다. 다음 날 그는 『세미나책』(정승연 지음, 봄날의박씨, 2021)을 한 사람 한 사람의 집으로 부쳤다. 책을 싸 들고 우체국에 가는 걸 보면서 함께 공부하고 싶어 하는 그의 진심이 느껴졌다. 사주에 두 개가 있는 재성의 결실을 맺는 기운을 저렇게 쓰나 보다. 평소에도 시작한 일은 어떤 곤란함에 부딪혀도 끝까지 야무지게 매듭 짓는 친구다. 그렇다고 결과의 성공이나 실패에 연연하지도 않는 그 친구가 좀 멋져 보였다.

상생상극의 원리로 인성이 식상을 극하면 재성을 낳는다. 인성은 공부 자리인데, 공부가 식상의 미숙한 표현력을 일깨워 소통 가능한 말이나 글로 결실을 맺을 수 있게 한다. 나의 사주를 해석해 준 친구는 공부로 재성을 생하려면 다른 공부가 필요하단다. 지금껏 공부했던 동양고전 못지않게 재밌었던 공부를 찾아보라는 말로 들렸다. 2021년 양생프로젝트에서 읽었던 『숲은 생각한다』(에두아르도 콘 지음, 차은정 옮김, 사월의책, 2018)가 떠올랐다. 생경한 철학용어에 인류학과 생물학까지 아우르는 저자의 사유를 좇아가기가 너무 버거웠다. 그럼에도 아마존 숲에 깃든 온갖 존재들이 상호의존해서 발휘되는 생명성을 논증하는 부분에서는 고개를 끄덕이지 않을 수 없었다. 타자는 물론 동식물까지 연결되어서 창발되는 지성으로 삶의 풍요가 유지되고 있었다. 우물 안 개구리에서 벗어나 시야가 트이는 기운이 꾸물꾸물 일었다.

약국 일이 재미없다는 데에서 촉발되어 다시 한번 사주를 풀이하니 관계를 맺는 데 있어서 반복되는 나의 습관이 보였다. 어떻게 해야 할지 몰라 답답했던 마음이 좀 풀렸다. 답답함은 기존의 습관을 바꿔 삶의 패턴을 바꾸라고 몸이 보내는 신호라 한다. 용신(用神)이 필요하다. 용신은 내 사주에서 꼭 필요한 오행을 가리킨다. 몸으로 그 오행의 기운을 써 보라는 의미이다. 현재 나에게 제일 필요한 오행은 목(木) 재성이다. 익숙한 세계 안에서 편안히 흐르는 물 같은 식상에서 벗어나 겨울 땅 속에서 다져진 기운을 뻗쳐 봄 싹을 틔우는 나무 같은 재성으로의 전환이다.

사주명리를 처음 배웠을 때는 식상이 많아서 먹고살 걱정은 없을 거라는 좋은 말만 기억에 남았다. 공동체에 접속한 이후 활동력 충만한 식상의 덕도 보았다. 하지만 일리치약국에서 구체적인 자립을 도모하게 되면서 식상만으로는 넘을 수 없는 한계에 맞닥뜨렸다. 무기력해진 나를 일깨우는 친구들의 지적에 촉발되어 또다시 나의 사주를 풀어 보았다. 그랬더니 내 안에 갇혀서 길을 내지 못하고 있던 낯선 욕망이 보였다. 나를 벗어나 다른 사람과 진심으로 연결되고 싶은 욕망이었다. 자신의 욕망을 구체적으로 실천하는 현장이 식상이라면, 그 욕망을 실현할 잠재력은 이미 충분하다. 언 땅을 박차고 나오는 봄 새싹의 목(木) 기운을 떠올려 또 한번 시작해 보자.

9회

# 도전,
# 백만 원 벌기

## 호기롭게 무모한 도전을

공동체로 출근하던 초반기에는 학원 수업도 병행했었다. 평일에 이틀 오후 수업이 있었고, 토요일에도 과외로 하는 수업이 잡혀 있었다. 당시 학원 일로 백이십만 원 정도를 벌었다. 그걸로 먹고사는 데 별 지장은 없었지만 두 가지 일을 병행하려니 차츰 몸이 힘들어졌다. 내공 프로젝트로 학이당에서 하는 공부의 양은 점점 늘어나는데 집중하기가 힘들었다. 게다가 학원이 인천에 있어서 일주일에 이틀을 120킬로미터씩 운전하는 일도 부담스러웠다. 학원 일을 그만둘 핑계는 점점 늘어났지만 공동체 안에서 먹고살 만한 일도 마땅치 않았다. 그런데도 난 일단 학원 일을 접고 문탁넷 안에서 백만 원을 벌어 보겠다고 선언했다. 친구들은 나의 선언에 대체로 환영하는 분위기였던 것 같다. 새로운 실험이 공동체에 주는 활기 때문이었을 것이다.

사실 그런 선언을 하게 된 데는 매달 이십만 원 정도의 임대비용으로 국민임대 아파트에서 살고 있는 주거 상황도 한몫을 했다. 2년마다 오르는 집세를 감당해야 하는 형편이었다면 아마 엄두를 내지 못했을 것이다. 또 문탁넷 홈피 대문에 달려 있던 "자본주의 예속으로부터 벗어난 삶" 같은 문구도 내 마음을 들썩였다. 자본주의가 뭔지도 모르면서 내 삶이 고달픈 것은 다 그 탓이라고 핑계만 대다가 뭔가 '도전'해 볼 만한 거리가 생긴 설렘이었달까.

당시 마을 경제 세미나를 했던 친구들이 마을 작업장을 만들었다. 화장품을 만들고 정기적으로 반찬을 생산하기도 했다. 세미나를 통해 익힌 것들을 실제로 실천해 보자는 활기찬 분위기에 나도 뭔가 할 수 있는 일이 있을 거라고 생각했다. 일단 자누리 화장품에 일꾼을 신청했다. 더치커피 사업단을 꾸렸던 친구가 개인 사정으로 못하게 되자, 더치커피를 생산해 보라는 제안도 받았다. 커피에 대해 1도 모르는 내가? 다 알고 시작하는 일이 어디 있냐고 밀어붙이는 바람에 얼떨결에 커피 사업단까지 맡게 되었다.

## 욕망과 능력의 간극에서

나는 공동체에 오기 전에도 여러 직업을 전전했다. 이십 대에는 전봇대에 붙은 전단지를 보고 전화를 해서 위생용품을 파는 판촉사원 일을 했다. 친구의 소개로 알루미늄 현관문을 영업·설치하는 영업소의 경리 일도 했고, 6개월 정도 반도체를 생산하는 외국 기업의 생산직 일도 했었다. 삼십 대에 학원 강사를 하면서도 언젠가는 자타가 공인하는 드라마 작가가 되면 이런 경험들이 맛깔스런 대사를 쓰는 밑천이 될 거라고 나를 다독이곤 했다. 기승전 '드라마 작가' 꿈만 먹고 살던 철없던 시절이었다.

> 나는 누구인가, 이게 철학의 첫번째 질문이에요. 그런데 이 질문을 던지는 순간, 내가 사는 세상에 대한 질문이 솟아납니다. 거의 동시적으로. 이 세계는 도대체 어떻게 구성되어 있지? (……) 진리를 탐구하는 것이 인간의 본성이니까요. (……) 그다음에 나오는 질문이 그래서 어떻게 살아야 하지?

즉 윤리학이에요. 윤리의 기준은 '나는 무엇을 원하는가?' '나는 무엇을 할 수 있는가?'예요. 전자를 욕망이라고 한다면 후자는 능력이죠. 욕망과 능력이 딱 맞으면 좋겠지만 대부분 어긋나죠. 원하는 것과 할 수 있는 것이 정반대인 경우도 있고요. 그 간극 속에서 우리는 갈등과 괴로움, 번뇌를 겪습니다. 고미숙, 『읽고 쓴다는 것, 그 거룩함과 통쾌함에 대하여』, 북드라망, 2019, 243쪽

공동체에 접속하기 전 나의 상태가 꼭 저랬다. 내가 누구인지가 나에게는 아주 오래된 질문인데 그게 철학하는 질문이었던 셈이다. 욕망과 능력의 간극, 드라마를 쓰는 작가가 되기를 원했지만 할 수 있는 능력에 대해서는 좀처럼 확신할 수 없었다. 그럼에도 불구하고 그 욕망을 끊어 낼 수 없어서 삶의 바닥을 긁었다. 그런데 이곳에 와서는 욕망이나 능력을 운운할 틈도 없이 '백일 프로젝트'를 수행하게 되었다. 나도 게으름에서 벗어날 수 있을지도 모른다는 가능성을 보았다. 어쩌면 공동체에서 백만 원을 벌어 보겠다는 뜻은 그 가능성이 일으킨 욕망이었을지도 모르겠다. 하지만 여기서도 간극은 발생했다.

커피에 대해 하나도 모르면서 커피 생산자가 되고 보니 내가 무엇을 할 수 있을지 막막했다. 우선 더치커피를 생산하는 방법부터 배웠다. 이것도 엄연한 마을 작업장의 사업이었기

때문에 수입과 지출로 수지타산을 맞추는 일도 포함되었다. 커피 몇 병을 팔아야 적자가 나지 않는지 계산기를 두드리고 있자니, 한 잔 천 원인 커피를 정량보다 많이 따르는 걸 보노라면 저절로 그의 뒤통수를 째려보게 되었다. 커피를 생산하는 일은 점차 익숙해졌지만 그게 다가 아니었다. 원두 구입부터 포장 용기에 이르기까지 하나하나 공동체에서 고민하는 가치에 부합하는 지점을 모색해야 했다. 시중에서 파는 커피와 무엇이 다르냐는 질문을 받을 때마다 딱히 할 말이 떠오르지 않아 우물쭈물하다가 말곤 했다.

동양고전을 원문으로 읽는 공부를 했으니 그걸로 밥도 벌어 보자는 활동에도 합류했다. 고전을 원문으로 읽기의 중요함을 강조하는 기획안을 검토한 친구들의 첫 반응은 너무 '올드하다'였다. 학부모는 그렇다 치더라도 원문을 주로 해서는 아이들에게 재미를 어필하기 어렵다는 것이었다. 어디서나 그놈의 재미가 문제였다. 몇 번의 수정을 거쳐 어쨌든 '중등고전학교'를 열었다. 『논어』, 『맹자』, 『사기』, 『장자』 등을 청소년들과 함께 읽고 쓰고 연극도 하고 방학 때는 암송 캠프도 열었다. 첫해에 신청했던 중1 녀석들 중 셋은 고1이 될 때까지 함께 공부하면서 지지고 볶았다. 시즌이 바뀔 때마다 녀석들은 '의리'를 지켰다고 큰소리를 쳤다.

시간이 흐르면서 커피 사업단은 적자가 쌓여 갔고 고전을 읽으러 오는 청소년도 줄어들었다. 매달 운영회의에서 사업단 활동 보고 등을 통해 그 과정이 공유되었다. 어느 때는 내가 무능해서인 것 같아 주눅이 들기도 했다가 어느 때는 내 탓이 아니라고 불평을 늘어놓기도 했다. 하지만 점점 시간이 흐를수록 일의 과정에서 내가 어떻게 움직이는지 거리를 두고 살펴보게 되었다. 그러자 예전처럼 나의 욕망과 능력 사이의 간극에서 허우적댈 핑계가 없어졌다. 그저 내가 놓쳤던 지점을 인정하고 다음 활동에서는 그 부분의 점검을 확충하려고 애쓰면 되었다. 그것이 곧 내가 하는 일에서 스스로를 소외시키지 않는 방법이라는 것도 알게 되었다.

## 친구들의 충고를 곱씹으며

일을 하면서 나를 소외시키지 않는다고 해서 그것이 당장 백만 원으로 이어지지 않았다. 실제로 벌이는 좀처럼 늘어나지 않았다. 자누리 사업단의 일꾼으로 품삯을 받고 웹진 활동 등으로 활동비도 받았으나 백만 원을 버는 일은 요원했다. 매달 들어가는 돈을 충당하느라 마이너스 통장에 의존할 수밖에 없었다. 그러자 점점 불안해졌고 다시 학원 일을 알아봐야 하나 망설이게 되었다.

그즈음 문탁 샘이 공동체 밥상을 운영하는 주방지기를 해보라고 제안했다. 공동체 밥상이 차려지도록 밥당번을 조직하고 밥상의 식재료 등을 챙기는 일 등을 주로 하는 활동이었다. 식구들 밥상 차리는 일도 거의 해본 적이 없는 나로서는 엄두가 나지 않았다. 더구나 공동체 밥상이라니 이건 집에서 차리는 밥상과 차원이 달랐다. 주방에 필요한 어떤 것들은 선물로 해결하고 또 어떤 것들은 장을 봐야 했다. 공부를 하러 오는 회원들에게 밥당번의 의미를 알리고 당번을 하도록 권하는 일도 중요했다. 공동체의 일상을 유지하는 동력으로 활약해야 하는 자리이기도 했다. 그런 일은 공부가 '많이' 된 사람이 맡아야 하는 일이지 나 같은 초심자는 못하는 일이라고 사양했다. 공동체에서 벌어먹고 살겠다면서 이렇게 가리고 있으니 할 수 있는 일이 없었다.

친구들은 내가 너무 잘하고 싶어서 그런 건 아닌지 생각해보라고 충고했다. 처음에는 잘하고 싶은 마음이 왜 문제인지 납득이 잘 안됐다. 하지만 계속 상황이 꼬이자 내가 반복하고 있는 행동이 보였다. 공동체 안에서 해볼 수 있는 일이 생기면 우선 내가 잘할 수 있는 일인가부터 따지고 있었다. 그건 곧 잘하고 싶은 마음이기도 했다. 일이 벌어지는 상황에서 내가 어떻게 할 수 있는지 겪는 것이 아니라, 잘하고 싶다는 자의식이 먼저 발동해서 나의 행동에 관여하고 있었다. 그냥 시작해 볼 수도 있을 텐데 그게 잘 안 됐다. 분별을 허무는 공부를 한다면서 막상 일 앞에서는 저절로 분별이 일어났다. 그러는 사이 무모하게 도전했던 기운도 사그라지고 불안이 되살아났다.

사실 공동체에 오기 전에 내 삶이 한심한 것은 이 세상 탓도 있다고 생각했다. 세상에 내세울 만한 학력도 '빽'이 될 만한 집안도 볼만한 외모도 갖추지 못했기 때문에 루저로 살 수밖에 없다고 생각했다. 만약 그런 조건 없이 있는 그대로의 나로 살게 된다면 나도 제 몫을 할 수 있을 거라고 '상상'했었다. 그러다 공동체에 와서 실제로 그렇게 되었음에도 있는 그대로의 나를 드러내며 일에 나아가는 데는 여전히 한심했다. 머리는 새로운 앎으로 채워질지언정 몸은 좀처럼 민첩해지지 못하고 버퍼링이 걸렸다. 설령 일을 하더라도 잘해야 한다는 자의식 때문에 몸에 힘까지 들어가서 좌충우돌하기 일쑤였다.

친구들은 그런 나를 계속 추동했다. 공부의 밀도를 더 높이라는 피드백을 서슴지 않았고, 외부에서 강의 의뢰가 들어오면 밥벌이를 해야 하는 나에게도 기회를 주었다. 더 이상 물러설 수 없었던 나도 일단 부딪쳐 보자고 마음을 바꾸었다. 외부에서 청소년들을 대상으로 『맹자』를 처음 강의하던 날은 거의 '원맨쇼'였다. 시선은 불안하게 공중을 떠돌면서 목소리는 공간에 쩌렁쩌렁 울렸고 말은 너무 빨라서 숨도 제대로 못 쉬었다. 한 시간 강의가 끝났을 때 정신이 멍해졌다. 그런 시간을 경험하면서 차츰 내가 뭘 알고 뭘 모르는지 명확해졌고 무엇을 더 채워야 하는지 알게 되었다. 그냥 시작해 보는 마음으로 나서기는 여전히 쉽지 않지만, 한 번 두 번 시도를 거듭하면서 잘하고 못하고의 전제부터 따지는 습에서도 차츰 벗어날 수 있었다. 친구들의 충고나 추동이 없었다면 이나마도 나아갈 수 없었을 것이다.

## 나의 도전은 현재 진행형

그렇게 친구들의 충고를 받아들이며 내가 마주치는 일에도 변화가 생겼다. 그렇다고 모든 것이 해결될 수는 없었다. 결국 '중등고전학교'도 문을 닫았고 도서관 등의 외부 강의가 늘 있는 것도 아니었다. 학원 수업을 하면서 마련했던 경차도 팔았다. 5년을 납입했던 보험을 해약해서 마이너스 통장을 정리했다. 늘 간당간당하는 빠듯한 살림살이였다. 그렇다고 내 삶

전체가 빠듯했냐면 또 그렇지도 않았다.

동양고전 공부를 내 전공으로 삼겠다는 뜻을 가상하게 여긴 우응순(나의 고전공부 사부님) 샘과 문탁 샘이 매달 장학금을 챙겨 주셨다. 학교 다닐 때도 못 받아 본 장학금이었다. 검증할 성적도 공부의 결과도 따지지 않는 장학금이었다. 그 장학금은 때로는 생활비로 충당되었고, 또 어느 해는 중국으로 떠났던 수학여행 경비가 되기도 했다. 2017년에는 그리스로 수학여행을 떠날 기회가 있었는데, 비용이 만만치 않아서 선뜻 마음을 내지 못했다. 어느 날 문탁 샘이 부르더니 그리스 가서 많이 보고 배우고 오라며 여행 경비를 챙겨 주셨다. 너무 뜻밖이라 어쩔 줄을 몰랐지만 딱히 거절할 명분도 없었다. 난생처음 친구들과 보름 동안이나 그리스를 싸돌아다닐 기회를 놓치고 싶지도 않았다. 그 덕분에 오래오래 추억할 수 있는 경험을 하게 되었다. 그 외에도 알음알음으로 나의 살림살이를 보살피는 친구들 덕에 다달이 백만 원을 못 버는 빠듯한 벌이에도 '잘' 먹고 '잘' 살았다.

나의 도전은 어떻게 되었을까? 2020년 나는 처음으로 매달 백만 원을 따박따박 벌게 되었다. 공동체 밥상의 매니저 활동으로 오십만 원, 인문약방 활동으로 오십만 원. 코로나가 기승을 부리는 변수 때문에 외부 강의가 전무해진 상황이라 이

결과가 더 소중하다. 그러면서 알게 되었다. 나의 도전은 비단 '백만 원으로 소박하게 살기'나 '자본주의의 예속에서 벗어나는 실험'만이 아니었다. 그것은 공동체에서 친구들과 함께 살아가는 능력을 습득하는 과정이었고 끊임없이 '나'라는 자의식이 '시련'을 겪는 시간이었다. 만만치 않은 시간이었지만 견딜 만한 시간이기도 했다. 그렇게 나의 도전은 여전히 현재 진행형이다.

10회

# '무진장',
# 우리들의 '돈' 이야기

## 나의 '돈' 이야기

중학교 2학년 봄 수학여행을 떠나는 날 아침, 어머니는 여행가서 쓸 용돈으로 만 원을 주셨다. 나는 눈이 휘둥그레졌다. 몇 천 원 정도 생각했던 예상을 훨씬 뛰어넘었기 때문이다. 아무짝에 쓸모없는 기념품 같은 거 선물이랍시고 사 오지 말라는 말도 잊지 않으셨다. 속으로 '이렇게 많이 받았는데 꼭 사와야지' 생각했다. 또래들과 가는 첫 여행, 신기하고 재미있었다. 용돈도 두둑하겠다 맛있는 군것질거리들에 자꾸만 손이 갔다. 야금야금 쓰다 보니 이틀도 되기 전에 바닥이 보였다. 받을 때 '이렇게 많이'라는 놀라움이 '애개 이렇게 쓸 게 없다니'

로 바뀌었다. 기념품 사 오겠다고 큰소리 안 쳤던 게 다행이다. 여행에서 돌아온 후 써 보니 순식간이더라는 내 말에 어머니는 기가 차다는 표정이셨다. 그때 알았다. 돈 쓰기 참 쉬웠다.

스무 살에 서울로 상경하면서 부모님으로부터 독립을 했다. 전봇대에 붙은 판촉직을 구한다는 문어발 광고를 보고 전화를 해서 취직을 했다. 의료보험과 국민연금에 퇴직금도 받을 수 있었던, 지금처럼 정규직/비정규직으로 구분하지 않던 시절이었다. 2년쯤 일했는데, 매달 월급을 받는 재미를 빼면 낙이 없었다. 회사에 판촉 일이 적성에 맞지 않아서 그만두겠다고 했다. 경리 언니가 퇴직금을 정산해 주면서 이제 뭘 먹고 살 거냐 한걱정을 했다. 그후 가족들에게 빌붙어서 그럭저럭 살았다. 대부분 쪼들렸고 직장인일 때 만들었던 신용카드로 돌려막기 결제를 하면서 이십대를 보냈다. 삼십대 이후 학원 강사로 일자리를 잡았다. 여전히 만족도가 낮은 일이었다. 수업 시간만큼 월급을 받았는데 시간이 갈수록 수업이 줄어 받는 돈도 줄었다. 그래도 돈 쓰기는 여전히 쉬웠으니 경제사정으로 보자면 내 인생은 늘 '마이너스'였다.

공동체에서 마을 경제라는 주제로 공부를 계속했던 친구들이 '무진장'(無盡藏)을 만들었다. 자본주의체제를 심화시키는 사적 소유를 흔들어 보자는 실험이라고 했다. 몇몇 친구들은 포럼을 열고 자료를 뒤지면서 회칙과 강령을 만들었고, '뭐든 같이 해야지'라는 친구들까지 그렇게 모인 인원이 총 24명이었다. 각자 50만 원을 추렴해서 종잣돈을 만들었는데, 나는 다른 친구가 내 몫까지 부담해 줘서 합류했다. 정식 출범 전에 시범적으로 무진장을 운영하면서 매달 회의가 열렸다. 무진장에서 돈을 꺼내 쓰는 행위를 '대출-상환으로 명명할 것이냐, 입금-출금으로 할 것이냐'에서부터 논의를 시작했다. 회의를 거듭한 끝에 무진장을 "단순한 구휼자금이 아니라 비자본주의적 공동생활기금"이라고 규정하면서 입금-출금으로 결정했다. 그렇다면 내 통장은 마이너스인데 무진장의 통장에는 돈이 두둑한 현실, 나는 그 돈을 '내 돈'처럼 출금해서 쓸 수 있을까. 시범 기간을 끝내고 무진장이 공식적으로 출범했던 2017년 4월 나는 새로운 실험을 하겠다고 나섰다.

## 입금과 출금, 그 속사정

공동체에서 이런저런 활동으로 매달 버는 수입은 대부분 백만 원에 못 미쳤다. 그렇다고 살림살이가 쪼들리지도 않았지만 마이너스 통장을 없앨 수도 없는 딱 그만한 수준이었다.

나는 활동 수입 전체를 무진장으로 입금하고 매달 백만 원씩 출금해서 써 보겠다고 했다. 당시 오십만 원 정도 벌었으니 배를 출금하는 규모였다. 이 차액을 빚이라는 부담감 없이 쓸 수 있을까. 당장의 부담은 확실히 줄었다. 그 자리에 매달 내 통장 잔고를 신경쓰지 않아도 되는 안정감이 채워졌다. 또박또박 들어오는 월급의 효과였다. 몇 달이 지났을 때 강사료가 제법 되는 도서관 강의를 할 신청자를 찾는다는 운영회원 톡이 올라왔다. 예전 같으면 선뜻 나설 엄두를 못 냈을 텐데 보자마자 번쩍 손을 들었다. 돈을 벌겠다는 의지가 이렇게 강렬하게 발동하다니 내심 좀 놀랐다. 그 해 말 도서관 강의로 번 강사료를 무진장에 넣었고 입금과 출금 사이 차액이 거의 없는 것을 확인하고 후련하기까지 했다.

나카자와 신이치의 『대칭성 인류학』(김옥희 옮김, 동아시아, 2005)에 의하면 고대 사회에서는 사람들 사이에서 물질이 교환될 때 물질에 담겨 있는 '영혼'까지 이동한다고 생각했다. 이러한 영혼의 이동으로 서로간의 신뢰나 명예, 우정 등의 인격적인 유대가 발생하는 증여적인 사회였다고 한다. 반면 우리가 돈을 지불하고 상품을 등가교환하는 자본주의체제에서는 어떤 유대도 발생하지 않는다. 신이치는 증여의 원리가 작동하지 않는다면 사람과 사람 사이에서는 '사랑'의 관계가 맺어

질 수 없다고 했다. 그렇다면 내가 무진장을 통해 출금하는 행위는 분명 등가교환은 아니었다. 함께 공부하는 친구들 사이의 우정에 수반된 증여라고 할 수 있었다. 그럼에도 내게는 한편으로 여전히 '빚'이기도 했다. 돈으로 진 빚은 돈으로 갚아야 한다는 등가교환 감각 또한 지극히 생생했기 때문이다. 그래서 그 차액을 갚고 나서야 체면이 선 것 같았고 마음까지 후련했던 것이다. 돈이 교환가치로서 발휘하는 위력은 그만큼 착각을 일으키기 쉬웠다. 매달 백만 원을 출금하던 실험은 그렇게 흐지부지 끝나고 말았다.

해를 넘겨도 대부분의 친구들은 입금도 출금도 하지 않는 회원에 머물렀다. 운영회의에서 다양한 출금의 사례들을 제안했다. 그 결과 각자 1년 프로그램의 학비를 출금하기도 했고, 공동체 안에서 쓰는 돈을 무진장에서 출금하는 '조아'를 실험했다. 자누리 비누를 사고 공동체 밥상에서 먹는 밥값을 내기 위한 소소한 출금들이 발생했다. 하지만 여전히 보이지 않는 부담도 느껴졌다. 입금에도 출금에도 별 관심을 보이지 않는 친구들은 무진장에 대해 어떻게 생각하고 있을까. 실제로 몇몇 친구들은 무진장의 활동에서 한계를 느낀다며 탈퇴하기도 했다.

## 우리의 '돈' 이야기

한 달에 두 번씩 운영회의를 할 때마다 회원들의 관심을 집중시킬 활동을 기획했다. 그중 하나로 무진장에 대한 친구들의 생각을 들어 보는 인터뷰도 있었다. 인터뷰를 해보니 무진장과 가족 경제의 접점을 찾기가 어렵다는 고충을 밝히는 친구들이 꽤 있었다. 나처럼 공동체에서 먹고사는 문제를 모두 해결하는 경우가 아니라면, 집집마다 돈을 쓰는 용법이 다른 가족 경제 상황을 밝히는 게 쉽지 않을 것이다. 그래서 사적 소유를 흔들어 보자거나 비자본주의라거나 하는 말들이 더 부담스럽게 느껴질 수도 있겠다는 생각이 들었다. 각자의 형편은 다른데 단일한 척도로 그 형편을 재단해야 한다면 스스로도 위축될 수밖에 없다. 그렇다면 우리는 형편이 다르기 때문에 무진장 실험을 함께할 수 없을까.

공동체에서 먹고사는 나의 형편은 여전했고 무진장에서 출금을 해야 하는 상황도 계속되었다. 매달 백만 원을 출금했을 때는 생활비라는 명목으로 퉁쳤는데, 필요할 때마다 출금하자니 그 명목을 시시콜콜 밝혀야 했다. 게시판에 출금을 요청하면서 단도직입적으로 돈 얘기를 꺼내기 멋쩍어 봄 날씨 운운하며 연서를 쓰는 흉내를 내기도 했다. 시골에 계신 어머니가 관절수술차 우리 집에서 두 달간 요양을 했을 때였다. 늘어난 생활비를 출금 신청하면서 봉양 스트레스에 대해 주절댔다. 내가 살고 있는 임대아파트 계약을 연장하는 데 필요한 보증금 인상분을 신청하기도 했다. 예전 같았으면 구질구질하게 내 형편을 밝히지 않아도 되는 현금서비스를 이용했을 것이다. 하지만 지금은 돈이 없다는 사실을 감추느라 마음까지 구질구질해지고 싶지 않았다. 그러자 나의 출금은 내가 살고 있는 '이야기'가 되었다. 여전히 돈도 없고 하는 일은 술술 풀리지 않아도 무진장도 있고 해서 견딜 만하다는 이야기를 할 수 있게 되었다. 그런 이야기들이 무진장을 통과할 때 서로 다른 형편 때문에 부담스러운 우리들의 마음도 함께 흘러갈 수 있지 않을까.

다른 친구의 형편도 무진장을 통해 알려졌다. 남편이 사업에 실패하고 다른 일을 알아보는 중인데 그 사이 생활비가 부족하다고 했다. 친구의 형편이 언제 회복될지 알 수 없으니 일단 매달 오십만 원씩 일 년 동안 출금하기로 했다. 친구의 형편이 나아지기를 바라는 마음을 담아 지하수를 끌어올리는 물 한 모금이라는 뜻으로 '마중물'이라 이름도 정했다. 친구들은 나에게도 먹고사는 걱정에서 벗어나 좀 더 안정된 상황에서 공부하라며 마중물을 받으라고 권했다. 필요할 때 신청하는 출금 절차 없이 무조건으로 매달 오십만 원이 입금되었다. 나의 형편은 확실히 여유가 있어졌다. 그 여유는 무진장의 돈에 대해 갖는 '내 돈이다 아니다'라는 분별을 버리는 데도 한몫을 했다. 언젠가 나의 형편이 나아져서 무진장에 입금하는 날이 오면 좋겠다. 하지만 그마저도 반드시 갚아야 한다는 부담보다는 바람에 가깝다. 그 바람에 우리의 무진장 실험도 흔들흔들 흔들리며 굴러가기를 바라면서.

## 무진장은 계속된다

해가 바뀌고 또 다른 친구들의 형편이 무진장에 전해지고 마중물을 받는 친구들이 바뀌기도 했다. 그래도 꾸준히 출금이 이루어졌다. 그러다 보면 무진장의 잔고는 금방 바닥이 보일지도 모른다. 하지만 2016년 11월에 시작한 무진장의 잔고는 아직까지 바닥을 보인 적이 없다. 무진장은 회원이면 누구나 잔고를 확인할 수 있는 통장을 쓰고 있다. 그래서 우리는 매달 누가 출금을 했고 누가 입금을 했는지 알 수 있다. 가끔 들어가 보면 매달 출금이 되는 돈 못지않게 입금되는 돈도 꾸준하다. 출금하는 친구들보다 형편이 낫다고 생각하는 친구들이 매달 정기적으로 입금한다. 어느 날 실수로 무진장 단체 톡방을 나갔던 친구가 재가입하고 싶다고 다시 오십만 원을 입금해서 우리를 웃겼다. 한 달 동안 금연을 실천하면서 모은 담뱃값을 입금한 친구도 있었다. 이렇게 출금만큼이나 입금을 챙기는 친구들의 마음이 무진장을 마르지 않는 창고로 만들고 있는 것이다.

2020년 말 무진장 총회가 열렸다. 한 해 무진장의 여러 실험결과를 점검 평가하고 다음 해의 활동도 기획하는 자리였다. 입출금과 관련된 토의 시간도 있었다. 형편이 쪼들리는 친구를 지원하고 학비 등을 보태는 기금으로 축소하자는 의견이 나왔다. 그렇게 되면 서로의 생활을 보살피자는 취지가 약해진다는 반대 의견도 있었다. 이런 차이에도 불구하고 그것이 지금 당장 무진장의 운영 방식을 수정해야 하는 직접 원인이 될 수는 없다는 의견에는 모두 동의했다. 그러는 사이 우리 모두 애면글면 살아 냈다는 이야기들이 줌 화면으로나마 흘러다니면서 마음들이 조금씩 말랑말랑해졌다. 총회가 끝나고 선뜻 나가지 못하는 친구들을 보다가 나는 갑자기 노래를 부르고 싶어졌다. 인문약방 활동으로 한 곡 마스터하기에 도전하며 6개월 내내 연습했던 신해철의 '민물장어의 꿈'을 부르겠다고 했다. 줌 화면을 향해 쌩목을 내지르며 노래를 부르는 나를 보면서 친구들은 박장대소에 야유에 어떤 친구는 식구들까지 불러다 같이 들었다고 했다. 노래가 끝났을 때 진짜 웃기는 코미디였다는 평이 가장 많았다. 친구들이 한바탕 웃어 줘서 좋았고, 이런 순간이 또 언제 올지 몰라 소중했다. 그 순간 나는 정말 스무 명의 친구와 '찐'하게 연결되어 있었다. 좀 행복했다.

2021년 새롭게 마중물을 신청한 친구들이 생겼다. 한 친구는 남편이 퇴직을 하면서 가정 경제에 변화가 생겼으니 마중물로 생활비를 보충하고 싶다고 했다. 다른 친구는 다른 약국에서 하던 알바를 접고, 마중물에 의지해 공동체와 연결된 '일리치약국'에서 자립하는 실험에 집중해 보겠다고 했다. 주로 입금을 했던 친구가 마중물을 받게 되면서 어떤 경험을 할지 그 이야기가 궁금하다. 이럴 때 나는 우리에게 다가오는 삶의 우여곡절을 혼자가 아니라 함께 감당하고 있음을 느낀다.

돈이 없으면 불행한 세상이라고 한다. 맞다. 공동체에 오기 전에 나 역시 쓰기는 너무 쉽고 벌기는 너무 어려운 돈 때문에 때때로 불행하기도 했다. 또 받은 만큼 돌려주는 등가교환의 질서에 대해 별로 의심하지 않으며 살았다. 하지만 무진장을 실험하며 그 교환에 휘둘리지 않으면서 증여로 나아갈 수 있음도 알게 되었다. 돈이 없어도 불행하지만 돈만 있어도 불행하기는 마찬가지 아니겠는가. 현실의 문턱은 여전히 강고해서 우리는 때때로 흔들리기도 하겠지만 그럼에도 '구질구질한' 돈 이야기를 계속할 것이다. 그러면서 돈도 섞고 마음도 섞으면서 함께 의지하면서 살 수 있는 가능성을 실험할 것이다. 그게 사적인 소유를 흔드는 일이고 비자본주의적으로 살아 보기를 지속할 수 있는 방법이라는 것을 의심치 않으면서.

11회

# 그렇게
# 공동체 활동가가
# 되어 간다

지금은 내렸지만, 일리치약국을 열면서 약국 앞 흰 벽에 현수막을 걸었다. 벽면 전체를 거의 채운 이 현수막에 함께 활동하는 네 사람의 얼굴과 각자 맡은 일을 소개했다. 현수막을 기획할 당시부터 나는 내심 고민했다. 양생을 지향하는 약국에 마을 약사가 있고, 글쓰기로 양생을 도모하는 활동을 계속할 글쓰기 강사도 있고, 양생을 주제로 여러 분야의 공부를 하겠다는 의지가 명확한 친구도 있었다. 그런데 나는 양생과 관련 무엇을 하겠다고 구체적으로 밝힐 게 없었다. 그러다 나를 공동체 활동가로 소개하는 것으로 정했을 때, 한편으로 수긍하면서도 그 의미에 대해서는 여전히 막막하기도 했다.

인문학을 공부하는 공동체에 와서 공부하고 밥도 벌면서

십 년을 굴렀으니 분명 이 공동체가 현재 내 정체성의 일부를 구성하고 있었다. 하지만 양생으로 좁혀졌을 때도 그럴까. 양생을 실험하는 팀을 꾸릴 때는 일단 저지르고 보자는 심정이었다. 약사 면허 있는 친구 덕 좀 보자는 다른 친구의 꼬드김도 솔깃했고, 약만 파는 약국을 넘어서야 한다는 또 다른 친구의 주장도 그럴듯했다. 문제는 그게 다라는 점이었다. 그래서 친구들이 나에게 뭘 하고 싶냐 물으면 "딱히"라고 우물거리다 나중에는 그런 말만 들어도 짜증이 올라오곤 했다. 그런 상태로 약국을 열었고 나는 공동체 활동가가 되었다. 나는 무엇을 할 수 있을까.

### 하고 싶지 않은 일

약사인 친구가 한약 제조면허도 있어서 약국 안에 한약을 달이고 판매하는 일과 관련한 설비도 자리를 잡았다. 약사 친구가 약국에 온 손님과 상담을 한 후 한약으로 증상을 다스려 보자고 결정하면 처방전을 냈다. 그러면 나는 처방전에 맞춰 약재를 계량하고 달이고 포장하는 일을 도왔다. 난생처음 작동시켜 보는 포장기계 때문에 애를 먹었다. 달인 한약을 옮겨

담는 통 밸브를 열어 둬서 약이 바닥으로 줄줄 샜던 날, 엉겁결에 손을 댔다가 벌겋게 화상도 입었다. 그렇게 뜨거운 신고식을 치르며 조금씩 익숙해지는 일이 있는가 하면, 약국 안에서 함께 일하는 친구와 맞춰 익혀야 하는 일도 있었다. 그러자니 약사인 친구와 나 사이에 미묘한 신경전이 펼쳐졌다.

약국이니만큼 약사인 친구가 할 일이 많았다. 상담에다 약국 운영과 관련 잡무까지 혼자서 다 처리하는 걸 옆에서 보고 있자니 좀 미안하기도 했다. 그래서 거들 수 있는 일이라도 차질 없이 하는 게 도와주는 거라고 생각했다. 하지만 친구는 약국 안에서 내가 전담하는 영역이 있으면 좋겠다고 했다. 그 시작으로 우선 한약재 이름부터 익히고 시험도 보자고 했다. 그 말을 듣자마자 표정이 굳으면서 "하고 싶지 않다"는 말이 저절로 튀어 나왔다. 약국에서 딱히 하고 싶은 일은 찾지 못했어도 하고 싶지 않은 일은 이미 마음에 정해져 있었던 모양이다.

거절한 후 내 마음도 편치는 않았다. 전문가가 득세하는 사회 구조가 개인의 자율성을 훼손한다는 이반 일리치의 주장에는 수긍했지만, 막상 일터에서 필요한 역량은 전문가인 친구 몫으로 미루고 나는 주어진 부분에만 관여하겠다는 말 아닌가. 문자화된 가치에 동의하는 것과 현장에서의 실행은 또 다른 문제였다. 그 전문가가 내 친구일 때 그의 전문성 덕을 보는 일은 의심없이 받아들였으면서, 약국 내 전담 영역을 만들라는 제안에는 당장 거부감이 드는 까닭은 무엇일까. 친구의 제안이 전문가인 약사가 고용한 직원에게 지시하는 명령으로 들렸기 때문이다. 그렇게 들어 버린 생각을 아무리 지우려고 해도 소용이 없었다. 그렇게 되니 친구의 다른 말들에도 마음이 불편해졌다. 이런 나와 함께 일하는 친구 역시 마음이 편치 않다 보니 서로 예민해질 수밖에 없었다.

## 흔들리는 마음

그 와중에 공동체에서도 새로운 변화에 적응하느라 말들이 많았다. 스무 명 정도의 운영회원이 함께 꾸려 갔던 인문학 공동체는 해체되었고, 생태 활동이나 양생 등의 비전을 공유하는 회원들끼리 다시 모였다. 일리치약국은 생태 활동을 하는 팀과 공간을 함께 쓰기로 하고 그 안에 약국을 열었다. 다양한 생태 활동을 해보고 싶다는 친구들은 왁자하게 열려 있는 공간을 원했고, 약국에 오는 손님이 없을 때 책이라도 읽고 싶은 우리는 좀 조용하기를 바랐다. 그러다 보니 공간의 용도에 대해 여전히 공유지다, 아니다, 영업하는 곳이다, 사이에서 의견이 갈렸다. 나는 약국 안에서는 일의 갈피를 못 잡아서 답답했고, 공간 운영을 논의하는 회의에서는 생각의 차이를 좁히지 못해서 괴로웠다.

공동체에서 보내는 시간이 쌓여 갈수록 어떻게 먹고살지에 대한 고민도 깊어졌다. 약국을 열자고 했을 때, 이 고민을 해결하고 싶다는 바람이 가장 컸다. 그런데 막상 일을 벌여 놓고 나니 그 바람은 사라지고 없었다. 같이 일해 보자는 말은 위계를 세우는 걸로 들리고, 공간 운영의 묘수를 찾기보다는 영역 확보부터 해야 한다고 우기고 있었다. 그 과정에서 오고가는 말들에 휘둘리고 있는 내가 예전과 달라진 게 하나도 없는 것 같았다. 공동체에 와서 공부하고 밥도 벌어 보면서 내가 조금은 달라졌다고 생각했다. 그래서 다르게 살아 볼 수도 있으리라 믿었는데 나는 왜 여전히 흔들릴까? 나는 진심으로 공동체에서 밥을 버는 삶을 원했던 것일까? 이런 의구심이 끊이질 않았고, 하루에도 몇 번씩 정념에 휩싸여 몸도 마음도 계속 복닥거렸다.

그런 상태로 일주일이 지나고 일요일이면 만사가 귀찮아졌다. 공동체에 오기 전에도 이랬다. 그러면 눈앞에 쌓아 둔 음식을 해치우며 나를 내팽개쳐 두고 TV를 보며 시간을 죽였다. 그 중력이 사정없이 나를 끌어당겼다. 어느 일요일 아침, 정말

뿌리치고 일어서자는 마음으로 집을 나섰다. 늘 걷던 길에서 벗어나 광교산자락까지 하염없이 걸었다. 걷다가 막히면 돌아서 걷고 모르는 길은 이리저리 헤맸다. 그렇게 걷다 보니 해가 저물고 있었다. 일주일 내내 흔들렸던 마음이 그런대로 가라앉았다. 배도 고팠다. 집에 들어와서 챙겨 먹은 저녁도 참 맛있었다. 그날의 내 몸과 마음의 상태를 떠올리면 다음 일요일에 또 집을 나설 기운이 생겼다.

## 그렇게 공동체의 활동가가 되어 간다

공동체에 오기 전의 나는 흔들리는 내내 혼자라고 느꼈다. 오래 만나는 친구들과도 서로가 감당하는 일상이 다 달라서 그 마음을 나누는 데 한계가 있었다. 공동체에 와서 새로운 친구들을 만났다. 그들과 같이 공부하고 밥도 해 먹는 일상이 흥미진진했고, 혼자가 아니라는 실감도 더불어 상승했다. 하지만 일리치약국에서 본격적으로 밥벌이가 시작되자마자 그 실감은 급격히 하락했다. 다른 친구는 새로운 일이 시작되었는데 어째서 즐겁지 않냐 반문했지만 나는 새롭게 다가오지 않았다. 무엇이 새로워져야 하는지 모르겠다는 의미이기도 했다.

새로움의 정체를 터득하는 시간이 필요했다. 혼자가 아니라는 감각을 회복할 시간도.

약국 공사가 한창일 때 나는 네이버 카페에 '인문약방 자기배려테크네'라는 카페를 열었다. 양생에 관한 다양한 기술을 공유하자며 주변의 친구들에게 가입도 권했다. 걸어서 약국에 출근하면서 느낀 단상도 포스팅하고, 화수목금 오후 세 시에 약국 앞에서 하는 십분 체조 이야기도 올렸다. 일리치약국의 다른 친구들도 일상에서 자신을 돌보는 기술들을 공유했다. 약국이 있는 건물 기둥에 알림판을 설치하고 일주일에 한 번씩 읽어 볼 만한 문장을 써서 붙였다. 건물 앞을 오가는 사람들의 눈길을 끌기를 바랐고, 카페에 매주 포스팅해서 카페 회원들과도 그 뜻을 나누고 싶었다. 지나가던 사람들이 알아보는 반응은 없었다. 그래도 카페의 회원들은 나의 그런 활동들에 호응하고 함께하기도 했고 꾸준히 댓글도 달아 주었다. 시간이 지날수록 그런 반응들에 기운을 얻어 다른 활동까지 고민하기에 이르렀다.

일요일의 걷기도 계속되었다. 처음에는 집에서 벗어나 되는 대로 헤매고 다녔다. 그러다 낯선 길도 점점 익숙해지니 이 길이 어디로 이어지는지 궁금해졌다. 그렇게 주변의 둘레길도 찾아다니게 되었고 걸은 이야기를 카페에 올렸다. 친구들이

'포레스트 기린'이라는 별칭도 만들어 주었다. 그렇게 시간이 지나면서 카페에서도 약국에서도 친구들과 연결되는 감각이 느껴지면서 혼자가 아니라는 실감도 조금씩 회복되었다. 그러자 공동체에서 양생에 관한 활동으로 걷기를 실천하는 활동가가 되고 싶은 마음도 함께 생겼다. 이렇게 양생과 관련한 활동을 하나씩 하나씩 그 내용을 채워 가면서, 그렇게 공동체 활동가가 되어 가고 있다.

하루의 일과가 마무리되고 퇴근 시간을 기다리느라 약사 친구와 마주 앉아 있었다. 친구는 한약 방제책을 펼쳐 두고 이리저리 살펴보고 있었다. 나는 뭘 읽고 있냐고 물었다. 친구는 상담을 했는데 몸의 열을 끄는 방제로는 어쩐지 미흡해서 보충할 게 있나 본다고 했다. 그러면서 약재 중에 노란색은 열을 끄는 종류라고 했다. "아, 황금, 황련, 황백 같은 약재구나"라고 내가 응수했다. "치자도 그렇지"라고 친구가 답했다. 플래카드에 대문짝만 하게 쓰인 '함께 공부하고, 함께 늙어 가고, 함께 먹고사는' 순간이 흘깃 보이기도 하는 시간이 흘러갔다. 일곱 시가 되었고 우리는 함께 퇴근했다.

12회

# 연대,
# 다른 삶을 향한
# 또 하나의
# 연결

2022년 4월, 공동체의 홈피에 포스터가 한 장 게재되었다. '전국장애인차별철폐연대'(이하 전장연)의 활동을 알리는 포스터였다. 그즈음 여당의 대표와 전장연 대표가 방송토론을 했다는 소식 정도만 흘려들었었다. 포스터를 올린 친구는 방송토론에서 여당의 대표가 전장연의 투쟁을 비난하는 말들에 마음이 아팠다고 했다. 그러면서 지하철역에서 장애인의 이동권을 보장하라며 삭발투쟁을 하고 있는 장애인 분들을 응원하는 지지방문을 하자고 제안했다. 같이 가자는 댓글들이 달렸고, 약속한 날 아침 여덟 시 출근 인파로 북적이는 경복궁역에 도착했다.

승하차를 알리는 안내 방송이 끊이질 않는 승강장의 한 켠에서 전장연 활동가 분들이 삭발식을 준비하고 있었다. 출근하느라 바쁜 대부분의 사람들이 힐긋거리며 지나치는 가운데에서도 어떻게든 목소리를 내기 위해 애쓰고 있었다. “장애인도 안전하게 이동할 권리를 보장해 주십시오!” 지하철 출근선전전이 시작된 지 90일이 넘어가고 있던 4월 18일, 삭발식이 진행되었다. 휠체어에 앉아 있는 몸 위로 묶여 있던 사다리와 쇠사슬을 걷어 내고 삭발을 위한 보자기를 둘러쳤다. 머리 위로 바리깡이 지나가자 하얀 민머리가 드러나고 바닥으로 머리카락이 떨어졌다. 그 모습에 눈물이 울컥해지면서 밀양에서 765kV 송전탑 반대 투쟁을 하셨던 어르신들의 모습도 겹쳐 떠올랐다.

## 76.5일의 릴레이 1인 시위

2012년 공동체에서 기획했던 인문학 강의에서 밀양의 송전탑건설반대투쟁에 대해 알게 되었다. 신고리 원전에서 생산한 전기를 수도권으로 보내기 위해 송전탑을 세우겠다는 계획을 정부가 승인했다. 밀양도 송전탑 부지로 수용된다는 소식을 들은 밀양의 어르신들은 보상도 필요 없다, 이대로 살게만 해달라고 요구하며 계속 투쟁 중이라고 했다. 결국은 두 분의 어르신이 목숨을 끊는 사태까지 일어났고, 송전탑을 세우려는 한전 측과 저지하려는 밀양 어르신들과의 몸싸움은 날로 격해지고 있었다. 평생을 일구어 온 논 한가운데 765kV나 되는 초고압 송전선을 건 송전탑을 세우겠다는 것이었다. 그것도 오로지 수도권에 안정적으로 전력을 공급하기 위한 목적이라니, 일방적인 희생을 강요하는 폭력이었다.

2011년 후쿠시마 원전 폭발 사고 이후 공동체에서는 탈핵에 대해 다양한 방면으로 관심을 넓혀 가던 중이었다. 그러다 밀양 어르신들의 투쟁에 대해 알게 된 터라 그 투쟁에 연대하는 일이 탈핵 활동의 중심이 되기에 이르렀다. 한전 직원들의 이간질과 갖은 폭력에 굴하지 않고 맞서는 할머니들의 다큐멘터리를 함께 보았다. 2013년 여름에는 버스를 대절해서 투쟁 현장을 방문하는 농활도 다녀왔다. 2014년 6월에는 행정대집행을 통해 산꼭대기 송전탑 건설 예정지 움막에서 투쟁 중인 할머니들을 강제로 연행한다는 소식이 전해졌다. 한 친구가 직접 현장으로 내려가서 전해 주는 긴박한 상황을 맘 졸이며 듣기도 했다. 이후 한전 건물 앞에서 진행한, 행정대집행을 규탄하는 1인 시위에도 나가게 되었다. 며칠간 조를 짜서 시위에 나갔는데, 돌아오던 길에 누군가가 우리가 살고 있는 용인 수지에서 1인 시위를 하자고 했다. 제안은 그 해 인문학 축제일에 맞춰 76.5일 동안 미금역 사거리에서 1인 시위를 하자는 계획으로 구체화되었다. 2014년 8월 20일 '핵 없는 세상을 위한 76.5일간의 외침'으로 릴레이 1인 시위가 시작되었다.

공동체에 오기 전에는 시위 자체를 해본 적이 없었다. 그래서 한전 앞으로 1인 시위를 하러 갔을 때는 좀 쫄렸다. 점심시간에 맞춰 한전의 공사 감행을 규탄한다는 팻말을 들고 있자니 무슨 봉변을 당할까 싶었다. 하지만 한전 건물을 드나드는 대부분의 사람들이 눈길도 안 주는 것을 막상 경험하니 긴장이 풀림과 동시에 허무하기도 했다.

미금역까지 1인 시위를 하러 나갔을 즈음에는 우리의 시위에 무관심한 이들에게 어떻게 다가갈지 그것이 문제였다. 원자력의 문제점에 대한 유인물을 만들어 나눠 주기도 했고, 우리의 편리를 위해 밀양이 희생되고 있는 현실을 알리려고 애썼다. 하지만 코앞에 당면한 문제만으로도 정신없는 일상을 보내는 많은 이들에게 탈핵 운운은 세상 물정 모르는 한심한 타령 같아 보였다. 아예 눈길도 안 주는 많은 이들과 어쩔 수 없이 자료라도 받아 주는 사람들의 기운이 그렇게 느껴졌다. 전기 없는 세상에 살아 본 적이 없는 나로서도 사람들의 그런 반응을 무조건 원망할 수만도 없었다. 그래도 릴레이 시위는 축제 당일까지 한 번도 끊이지 않고 76.5일간 이어졌다. 마지막 날 미금역 사거리를 친구들과 떼를 지어 행진하면서, 그럼에도 핵 없는 세상을 상상해 보자는 목소리를 냈던 그 순간들이 오래 기억에 남을 것 같았다.

## 밀양인문학 캠프

탈핵을 외치는 1인 시위를 마을로 가져온 경험은 이후 공동체에서 다양한 활동으로 이어졌다. 인문학 축제기간에는 꽹과리를 울리며 방독면 탈을 쓰고 마을을 돌아다니는 탈핵 퍼레이드를 펼쳤다. 우리는 이러한 활동들을 기획하고 주최하면서 정신없이 돌아가는 일상을 보내고 있었다. 그러면서 탈핵을 외치고 있는 이러한 행위들이 실제 우리의 삶도 바꾸고 있는지 점점 의구심이 들었다. 신고리 원전 5·6호기 공론화가 진행되던 2017년, 홈피에 공론화와 관련해 릴레이 칼럼을 게재하는 동안에도 이러한 의구심은 사라지지 않았다. 우리의 공부나 활동으로 탈핵을 말하지만 실제 우리의 몸은 여전히 밀양의 연대자에 머물고 있지는 않은가. 이러한 고민을 담아 2017년 여름 일주일 동안 밀양에 있는 너른마당이라는 공간에

서 '밀양인문학 캠프'를 열었다. 나는 친구들과 함께 일주일 내내 밀양에 머물면서 캠프 전체 일정을 조율하는 매니저 활동을 했다.

아침이면 숙소에서 출발, 너른마당에 도착해 논어서당을 열었다. 초등학생들과 『논어』 문장을 소리 내어 읽고 생각을 나누고 암송도 했다. 오후에는 인문학 캠프 프로그램 진행과 참여를 위해 너른마당으로 온 친구들을 맞이하고 저녁 강의도 들었다. 어느 날은 새벽에 잠자는 친구들을 깨워 울력 시간에 맞춰 내보내기도 했다. 비닐하우스 한 동에 고랑을 만들고 모종을 심는 낯선 일에 허리가 끊어지는 줄 알았다고 푸념을 하면서도 친구들의 얼굴에는 웃음이 그득했다. 캠프 마지막 날은 버스를 대절해서 공동체에서 내려온 친구들과 밀양의 어르신들, 탈핵연대 활동가들을 초대해서 저녁 한 끼를 대접하고 발표회도 열었다. 공동체의 주방에서 실어 온 집기들이 너른마당 주방을 꽉 채웠고 일사천리로 만들어지는 음식을 받자니, 여기가 꼭 우리의 터전 같았다. 그동안 밀양의 투쟁과 연대했던 시간들이 우리의 일상과 혼융되는 순간, 그곳은 우리 삶의 현장이었다.

하지만 밀양은 오랫동안 진행되어 온 송전탑건설반대투쟁으로 마을 곳곳의 이웃들이 반목하고 갈등하는 현장이기도 했다. 우리가 일주일 동안 숙소로 머물렀던 밀양 어르신 댁에서였다. 아침에 일어났는데 집 대문 앞에서 고성이 오가고 있었다. 옆집에 사는 분이 어르신과 언성을 높이고 있었다. 알고 보니 우리가 묵은 숙소 옆집은 송전탑 건설에 찬성하는 입장인 분들이 사는 집이었다. 일주일 내내 외지인들이 동네에 들락거리는 것이 신경이 쓰인다면서 도대체 무슨 작당이냐고 따지는 중이었다. 마침 오셨던 탈핵연대의 활동가 분이 나서서 말리고 우리도 어르신을 집으로 모시고 들어와서 상황을 무마시켰다.

처음에는 송전탑 건설에 반대했던 많은 분들이 한전의 회유에 넘어가기도 했고, 투쟁이 길어지면서 포기한 분들까지 속출했다고 했다. 그러다 보니 여전히 반대투쟁을 이어 가는 어르신들은 점점 줄어들고 이웃 사이가 틀어져서 분위기가 험악해지고, 마을의 공동체가 와해되는 지경에 이르렀다고 했다. "농사일과 싸움과 일상이 분리되지 않은 운동의 스타일"로 우리에게 감응을 일으켜 주신 분들이 마을에서 점점 고립되고 있는 사실을 직접 목격하고 나니 뭐라고 위로의 말이 떠오르지 않았다. 캠프 일정을 마치고 떠나던 날, 건강하시라고 다음에 또 뵈러 오겠다는 말을 남기고 버스에 올랐다. 일주일의 여정으로 피로해진 몸보다 결국 송전탑이 세워진 동네에서 계속 살아갈 어르신들의 마음이 더 무겁게 다가와서 착잡해진 귀가였다.

## 연대, 나를 돌아보는 질문이 생기다

그후로도 밀양과의 연대 활동은 규모가 조금은 축소된 형태로 계속되었다. 탈핵과 관련해서 공동체 안에서도 꾸준히 활동이 기획되었다. 한 달에 한 번씩 파지사유에서 전깃불을 끄고 진행했던 '캔들 파지사유'도 그 가운데 하나였다. 촛불을 켜 놓고 책을 읽었고 명상을 하기도 했다. 대야에 물을 받아 발을 담가 시원한 기운을 몸으로 느꼈고, 어느 날은 어두컴컴한 바닥에 매트를 깔고 엎드려 친구가 해주는 마사지를 받기도 했다. 세월호와 관련해서 파지사유에 추모 공간을 꾸려 놓고 추모데이를 보냈다. 밤이 되어 촛불을 켜 놓고 '416 단원고 약전'을 함께 읽으며 이제는 이 세상에 없는 아이들을 기억하고 추모하는 시간을 가졌다.

삼성반도체 피해자 모임인 '반올림'에서 연 문화제에도 가보았다. 삼성그룹 오너인 이재용 씨 재판 판결을 하루 앞둔 시점에서 "꼼짝 마! 삼성"을 외치는 문화제였다. 십 년을 넘기고 있는 반올림의 투쟁 과정을 들었다. 관련 영화도 만들어지고 여러 활동가들의 노력으로 삼성과 직접 협상에 이르기는 했지만 아직 갈 길이 멀다고 했다. 함께 구호를 외치고 노래 공연과 아코디언 연주를 들었다. 많은 사람들이 참여하지 않았지만, 포기하지 않고 끝까지 싸우겠다는 다짐이 기운을 북돋는 시간이었다. 더치커피에 필요한 원두를 공급받았던 여성자활센터인 윙을 방문하기도 했다. 탈성매매 여성들이 "일하는 신체, 공부하는 영혼"을 가꾸기 위해 마련된 공간에서 힘쓰고 있는 이야기들을 만났다.

공동체에 오기 전에 이런 삶들은 신문이나 대중매체를 통해 흘려 듣는 이야기들이었다. 대부분은 잊혔고 어떤 때는 후원금을 보내고 마는 정도의 관심에 그쳤다. 하지만 공동체에 온 이후 그럴 수 없게 되었다. 나를 둘러싸고 있는 친구들이 그 삶들과 마주치는 순간을 질문으로 만들었기 때문이다. 그리고 그 질문을 해결해 보는 공부를 하자고, 때로는 함께 그 현장에 가 보자고 부추겼다. 그렇게 밀양을 만나고 여러 투쟁 현장을 방문하면서 나 역시 질문하게 되었다. 내가 저 삶에 처했다면 나는 어떻게 했을까. 거대한 횡포에 맞서 내 목소리를 내기 위해 분투하고 연대하고, 포기하지 않을 수 있었을까. 그간의 나의 삶을 돌아보게 되는 질문이었다.

경복궁역으로 응원방문을 다녀온 후 공동체의 연대팀에서 '연대로서의 읽기' 프로그램을 기획했다. 장애인 열사들의 기록과 탈시설 이야기를 다룬 두 권의 책을 읽고 필사하는 프로그램이었다. 목숨을 던져 부당함에 맞서 싸운 열사들의 기록은 필사하는 내내 놀라움으로 다가왔다. 신영복 선생님은 "산다는 것은 사람과의 만남입니다. 그리고 사람과의 만남이 연대입니다"라고 하셨다. 나에게 연대는 다른 삶과의 또 하나의 연결이었다. 이렇게 연결되어 본 경험은 별일 없이 편안하기만한 일상을 의심하게 했다. 나의 안온이 누군가에게는 목숨을 걸고 싸워도 얻지 못하는 것일 수도 있었다. 밀양의 어르신들이 그랬고 장애인 열사들에게도 닥친 일이었다. 그런 삶을 세상에 알리기 위해 내는 목소리를 듣고 내 삶을 점검하고 재조정하기 위해 애쓰는 일, 연대 활동은 그렇게 나의 삶에 영향을 미치고 있다.

부록

# 쓴다면 사마천처럼

사마천, 『사기열전』(김원중 옮김, 민음사, 2015) 리뷰

## 미래를 향한 희망으로 쓰다

'궁형'을 당한 절망이 사마천(司馬遷, B.C. 145?~B.C. 86?)이 『사기』(史記)라는 불후의 고전을 쓰는 데 영향을 미쳤다는 분석은 많은 공감을 얻었다. 당시의 선비에게는 치욕의 형벌이었으니 그럴 만도 하다. 하지만 그것에 가려 사마천의 진면목이 제대로 드러나지 못한 측면도 있지 않을까. 궁형에 가려진 사마천과 『사기』의 위대함은 무엇이 있을까?

사마천에게 가장 큰 영향을 끼친 인물은 아버지 사마담(司馬談)이었다. 그는 아들이 열 살이 되던 해부터 『시경』, 『서경』 등의 고문(古文)을 읽혔다. 십대 후반에는 당시 대유학자로 인정받았던 동중서(董仲舒)의 문하에서 수학하게 했다. 스무 살이 되었을 때는 천하의 역사가 전해지는 유적지를 돌아보는 여행을 보냈다. 이삼 년을 거쳐 사마천이 돌아본 지역은 당시 한나라가 차지했던 전역에 해당한다고 한다. 젊은 시절 사마천의 이러한 이력은 아버지의 전폭적인 지원이 있었기에 가능했다. 집안 대대로 내려온 태사령(太史令)의 직책으로 역사서를 쓰고자 한 자신의 뜻을 아들이 계승해 주기를 바랐던 사마담. 사마천은 준비된 인재였다.

여행에서 돌아온 사마천은 낭중령(郎中令)에 임명되어 파·촉 땅을 시찰하는 임무를 수행했다. 아버지 사마담이 세상을 떠난 후에는 태사령을 물려받고 한무제를 수행하여 봉선에 참가하는가 하면, 달력을 편찬하는 일 등을 주도하기도 했다. 사마천이 조정 관료로서 촉망받던 시절이었다.

흉노족을 정벌하러 출정했던 이릉이 항복했다는 소식을 들은 한무제는 식음을 전폐할 정도로 상심했다고 한다. 사마천에게는 그런 임금을 차마 볼 수 없는 마음과 동시에, 자신이 아는 한 누구에게도 뒤지지 않는 장수였던 이릉의 항복에 대한 진위를 밝히고 싶은 마음이 일었다. 그러나 이런 충심을 담은 그의 의견은 임금을 속인 무망죄로 받아들여졌다. 세 가지 형벌이 주어졌고 사마천은 궁형을 택했다. 이 선택으로 그는 촉망받던 관료에서 잠실(궁형을 당한 죄인이 수용되는 방)에 유배

된 웃음거리가 되고 말았다.

스스로 궁형을 받은 후 삼 년이 지나 사마천은 중서령(中書令)으로 조정에 복귀했다. 중서령은 이천 석의 녹봉을 받는 고위 관직으로 육백 석을 받던 태사령에 비하면 분명 출세였다. 회복할 수 없는 육체의 훼손으로 환관이 된 이후에야 얻은 결과였다. 그가 원했던 입신양명이 아니었다. 이후 사마천은 "좋은 것을 보고도 따를 생각을 하지 않고, 나쁜 것을 깨달아도 고쳐야겠다는 마음을 먹지 못하고" 무관심으로 일관하며 사무적인 일만 처리했다고 한다.

하지만 집으로 돌아오면 어김없이 굴욕감이 엄습했다. 그때마다 자신이 살아남아야 했던 까닭을 되새겼다. 흩어져 있는 역사 사실을 수집하고 정리하여 기록하여, 그것을 바탕으로 "인간 세계를 연구하고, 고금의 역사 변화를 통찰하고, 한 인간의 이야기를 엮어 볼 계획"이었다. 이 저술을 완성하기 전에는 죽을 수 없었다. 이릉의 화를 당하기 전부터 쓰기 시작했지만 궁형을 감당하는 과정에서 기필코 완성해야 하는 사명이 되었다. 사마천이기에 쓸 수 있었던 『사기』는 이렇게 탄생되었다.

그럼에도 불구하고 사마천은 자기 생전에 『사기』를 발표할 수 없다는 것도 알고 있었다. 누구의 명도 아닌 스스로 쓰겠다고 결정한 일이었다. 오로지 자신의 판단에 의지하여 자료를 취합하고 경험을 녹여 써 낸 기록이었다. 그 과정에서 당대의 재상은 물론 한무제에 이르기까지 모두를 대상에 포함시켰다. 연대기로 서술해서는 그들의 진면목을 드러낼 수 없었기 때문에 본기와 열전의 구성을 통해 입체적으로 드러내는 '기전체' 방식도 창안했다. 「봉선서」나 「흉노열전」에 기록된 한무제와 당대의 여러 인물을 다룬 열전을 통합할 때 드러나는 한무제 시대의 실체와 허상은 또다시 화를 부르기에 충분했기 때문이다.

하여 사마천은 정본(正本)은 명산에 숨기고 부본(副本)은 딸에게 맡겨 수도에 남기는 방법을 택했다. 그리고 자신이 죽은 후 언젠가 세상에 알려져 후세들에게 읽히기를 바랐다. 결국 『사기』는 사마천의 딸이 시집을 가서 낳은 아들, 즉 외손자의 시대에 이르러서야 세상에 발표될 수 있었다. 살아서는 아무에게도 읽힐 수 없는 글을 살아 있는 내내 쓰게 했던 동력은 무엇이었을까. 자신은 죽어도 세계는 계속되기를 바라는 염원 아니었을까. 그 세계가 지속되는 인간사의 이치를 규명함으로써 후세에 일말의 보탬이 되고 싶었던 마음, 나는 그것을 '희망'이라고 부르고 싶다. 궁형의 절망이 아니라 미래를 향하는 희망이야말로 『사기』를 쓸 수 있었던 동력 아니었을까. 이것이 사마천이 진정 위대한 점이기도 할 것이다.

## 70편의 열전으로 쓴 인간사의 이치

사마천은 "정의롭게 행동하고 기개가 있어서 남에게 억눌리지 않으며 세상에 처하여 기회를 놓치지 않고 공명을 천하에 세운 사람들"의 일로 70편의 열전을 썼다고 밝혔다. 하지만 70편의 열전에 수록된 인물들을 모두 정의나 기개, 공명만으로 수렴할 수 없다. 기개가 있다고 모두 정의롭지 않으며, 기회를 잡았다고 해서 모두 공명을 세운 것도 아니다. 주어진 삶에서 욕망을 좇아 치열하게 나아간 길이 하나하나의 전형을 만들었다. 그렇게 완성된 70개의 전형으로 수많은 인간사가 작동하는 이치를 드러낼 수 있게 되었다.

복수의 전형은 「오자서(伍子胥)열전」에서 볼 수 있다. 오자서는 춘추시대 초나라 사람이다. 그의 아버지 오사가 초나라 평왕의 치하에서 태자의 스승으로 복무하는 중 사달이 났다. 평왕의 인물됨이 너무 형편없어 며느리로 택한 여자를 자신의 첩으로 삼기에 이르렀는데, 그것을 부추긴 간신이 오사를 눈엣가시로 여긴 것이다. 이 간신에게 자신의 권모술수를 밝히려는 오사는 처단해야 할 숙적 일순위였다. 결국 오사는 옥에 갇히게 되었다. 오자서 형제에게 옥에 갇힌 아버지를 찾아오면 모두 살려 주겠다는 임금의 명령이 하달된다. 물론 이것도 숙적의 자손까지 몰살시키려는 간신의 술수였다. 오자서는 이것은 함정이니 도망쳐야 한다고 항변했다. 형은 그렇더라도 아버지를 구할 수 있다는데 가지 않았다가 아버지의 목숨도 잃고 복수도 못하는 것은 더욱 수치스러운 일이라며 임금의 명을 따른다. 오자서는 도망갔으며 그의 아버지와 형은 목숨을 잃었다.

이후 오자서는 몇 번의 죽을 위기를 넘기며 오나라에 도착하게 된다. 조정의 왕권을 다투는 형세 속에서 자객을 소개하는 등의 전략을 쓰며 때를 기다렸다. 결국은 공자 광을 왕으로 만드니 곧 오나라 부차이다. 부차를 섬기면서 초나라를 공격할 때를 기다려 드디어 초나라 수도 영에 입성한 날, 이미 평왕이 세상을 떠났다는 것에 오자서는 통탄한다. 그러고는 평왕의 무덤을 파헤쳐 300번의 채찍질로 아버지와 형의 목숨을 앗아간 복수를 했다. 인간이 원한을 품으면 가슴에 시퍼런 칼날을 키운다고 했던가. 인륜의 도리 등등으로 그 칼날을 막을 수는 없었다.

오자서가 한 복수를 두고 오래전 그의 친구였던 신포서는 도리에 어긋났다고 전했다. 오자서는 해는 지고 갈 길은 멀어 도리에 어긋난 일을 할 수밖에 없었다고 말한다. 복수는 그런 것이다. 인간이기를 포기하지 않으면 이룰 수 없는 것이다. 하여 대부분 복수를 포기한다. 하지만 포기하지 않는 인간도 있으니 오자서가 그러했다. 그리하여 많은 사람들이 오자서가 되기 위해 떠나지만 오자서가 되지 못하고 스러지는 인생의 한 장을 만든다.

우정은 어떤가. 「관안(管晏)열전」의 관중과 포숙아의 우정이 대표적이다. 관중은 춘추시대 제나라의 유능한 재상으로 알려진 인물이다. 춘추시대 아홉 제후국을 회합하여 제나라 환공이 춘추오패의 첫 패자가 되는 데 혁혁한 공을 세운 인물이기도 하다. 하지만 그런 관중이 처음부터 잘나가던 것은 아니었던 모양이다. 그는 가난한 집안의 아들로 태어나 노모를 모셔야 하는 처지였다. 젊은 시절 포숙과 친구의 인연을 맺은 후 그들은 함께 일을 도모했다. 그 과정에서 관중은 늘 포숙보다 유리한 입지를 고수했다. 장사를 할 때는 이윤을 더 가져갔고, 함께 도모한 일이 잘못되었을 때는 먼저 발을 뺐다. 그런 관중에 대해 한 번도 원망을 드러내지 않았다는 포숙. 관중은 그런 포숙이야말로 때를 기다리는 자신을 알아준 사람이었다고 회상했다.

이 열전에서 재미있는 점은 사마천이 관중의 그 화려한 업적들은 전부 생략하고 오로지 이 일화만으로 관중의 열전 대부분을 구성한 것이다. 왜 그랬을까? 사마천이 50만 전을 내야

궁형을 면할 수 있었을 때, 그의 주위에는 아무도 없었다. 한무제의 심기를 건드리는 것이 이로울 리 없었기 때문이었다. 사마천은 만약 자신에게 포숙이 있었다면 그런 치욕을 당하지 않았을지도 모른다는 상상을 했을지 모른다.

하여 사마천은 아무도 자신을 알아주지 않았던 그 순간이 새삼 사무쳤을 것이다. 그 고통을 알기에 인물의 공명은 과감히 생략하고 두 사람의 우정을 집중해서 묘사할 수 있었다. 이를 통해 서로를 알아보는 일은 이해관계를 넘어 그의 역량을 보고 그 역량이 이룩할 더 나은 미래에 투자하는 것이라고 쓸 수 있었다. 자신을 알아주는 사람을 만나거나 혹은 알아주는 사람이 되는 것, 그런 이들이 만나 우정을 쌓는다면 세상은 달라질 수 있다고 썼다.

### 사마천의 열전, 그리고 우리의 열전

열전의 첫 편은 수양산에서 굶어 죽은 곧은 절개의 대명사 백이의 열전이다. 은나라를 정벌하고 주나라를 건국한 무왕에게 폭정을 폭력으로 해결하는 것은 부당하다고 저항했던, 지조를 지닌 인물이다. 그 후에 포진한 인물들은 춘추전국시대를 활보한 인물들인데 이들의 면면이 흥미진진하다. 무력이 호령하던 시대에 말재주만으로 한때를 주름잡았던 유세가들, 그중에서도 소진은 전국 칠웅 중 여섯 제후국의 재상을 지냈다. 손자, 오기, 백기 등 장수들의 열전은 전장에서 출중한 능력으로 이룩한 혁혁한 공적 이후에 도래한 일을 기록하여 무력으로 흥한 자가 무력에 밀려 망하기도 하는 이치 또한 명명백백히 드러냈다.

초한시대는 아무래도 유방의 측근들이 주인공이다. 이들의 이력은 개장수에서 귀족의 후예에 이르기까지 그 스펙트럼이 참으로 넓다. 예를 들어 「번역등관(樊酈滕灌)열전」 처음에 나오는 번쾌는 개장수 출신으로 유방 진영에 합류했다. 역상은 노략질을 일삼던 불량배이며, 등공은 말과 수레를 관리하던 말단 관리, 관영은 비단장수 출신이다. 초나라 귀족 집안 출신이었던 항우와 달리 일개 현의 정장(丁壯) 출신이었던 유방을 따랐던 세력들의 다양한 면모를 읽을 수 있다. 사마천은 스무 살의 여행길에서 이들의 고향을 방문해서 이들의 사람됨을 들을 기회가 있었는데 참으로 기이했다고 썼다. 이들이 인생의 밑바닥을 전전하고 있었을 때 후일 한나라를 세우는 공신이 되어 자손들에게까지 은덕이 미칠 것을 어찌 알았겠는가. 이것은 마치 파리가 준마의 꼬리에 붙어 천 리를 가는 격 아닌

가. 파리와 준마의 차이에도 불구하고 그들의 마주침이 이룩한 결과를 보면서 기이하다고 쓰는 사마천의 깨우침, 동시에 누가 파리이고 누가 준마인지도 함께 묻는다. 이것이 인간사의 이치를 규명하는 작업이다.

열전의 후반에 이르면 당대에 내로라하는 직업군을 두루두루 배치하였다. 죽은 사람도 살리는 명의 편작이 있는가 하면, 왕의 종기를 빨아 주는 충성을 발휘하여 자신의 이름이 찍힌 화폐주조권을 하사받았던 등통 등의 총신(寵臣)들을 기록한 「영행(佞幸)열전」도 있다. 「골계(滑稽)열전」은 촌철살인의 유머로 상황을 반전시킨 유명인들의 열전이다. 용한 점쟁이의 열전이 있는가 하면, 한무제가 읽고 싶어 한 글을 쓴 사마상여(司馬相如)의 열전은 베스트셀러급 작가의 탄생 스토리이다. 「화식(貨殖)열전」은 부자들의 이야기이다. 누구나 부자가 되기를 바라지만 아무나 될 수 없는 이치를 찾아 많은 양을 할애해서 쓴 것이다.

첫 편은 절개를 좇는 청렴의 대명사로 백이를, 69편째에는 물질을 좇는 욕망의 대명사로 부자들에 대해 썼다. 그리고 마지막 70번째 열전은 사마천 자신의 열전인 「태사공자서」(太史公自序)로 끝냈다. 이렇게 구성한 70편은 어떤 삶에도 늘 양지만 혹은 늘 음지만 있는 것이 아니라는 이치를 터득하게 한다.

또 빛과 그늘 어느 순간에도 인간이기를 포기하지 않아야 살길이 보인다는 사마천의 충고가 담겨 있다. 하지만 그 충고를 품고 인간의 길을 찾아가는 일은 오로지 각자의 몫일 수밖에 없다.

마지막으로 소개하고 싶은 열전은 전국시대 제나라의 공자였던 맹상군의 이야기이다. 맹상군은 당시 제나라 임금의 이복동생이었는데 세력을 점점 키워 삼천 식객을 거느린 인물로 유명하다. 전국 시대 후반 합종연횡이 횡행하던 때, 각국의 공자들은 다른 제후국과 연합하기 위해 활발하게 외교가 역할을 했고 맹상군도 그중 한 명이었다. 그가 진나라와의 합종을 위해 삼천 식객 중 일부를 이끌고 진나라로 들어갔다. 합종이 제대로 성사되지 못하여 그가 목숨을 잃을 위험에 처하게 되자, 식객 중 누군가가 실력을 발휘했다. 도둑질을 잘하던 이가 후궁의 털외투를 훔치고, 흉내를 잘 내던 이가 닭 울음소리를 내어 국경을 무사히 통과한 것이다. 널리 알려진 '계명구도'(鷄鳴狗盜)의 출전이 「맹상군(孟嘗君)열전」이다.

나는 이 열전을 읽으면서 맹상군의 문하에 모인 삼천 식객들의 면면을 상상해 보았다. 훌륭한 인품으로 천하의 미래를 걱정했던 선비로부터 남의 집 담을 넘던 좀도둑에 이르기까지, 고담준론으로 날을 새우는가 하면 그럴듯한 흉내로 시도 때도 없이 사람들을 웃기는 소질로 남을 속이기도 했을 것이다. 이렇게 모나고 둥글고 모자라고 넘치는 삼천 식객이 엮인 공동체가 떠오르는 것이다. 아마 바람 잘 날 없는 일상이었을 것이다. 그러다 절체절명의 위기가 닥치면 눈빛 하나 흐트리지 않고 마음을 모으고 힘을 합쳤겠지. 이것이 바로 공통감각이 발휘되는 순간? 모두가 주인공이면서 아무도 주인공이 아닌 공동체만이 만들 수 있는 순간.

사마천이 다시 살아와서 21세기를 겪는다면 어떻게 열전을 구성할까? 오늘의 세상은 너무 획일화되어 70편이나 쓸 인물이 없다고 선언하지는 않을까? 지금까지 살아왔던 습을 벗어나 다른 삶을 살아 보겠다고 모인 공동체에서 열전을 쓴다면 몇 편을 쓸 수 있을까? 그 다름 속에서 건져 낸 삶의 이치는 사마천이 쓴 것만큼 흥미진진할까? 쓴다면 사마천처럼! 혹은 우리만의 '다른' 열전을!